KEITAI
SHOUSETSU
BUNKO
野いちご SINCE 2009

新装版　サヨナラのしずく

juna

○STARTS
スターツ出版株式会社

カバーイラスト/埜生

奇跡だと思った……。
神様が
独りぼっちなあたしたちを哀れんで
巡り合わせてくれたんだと思った……。

たとえ、またサヨナラが待っていても
あたしはあなたに巡り会いたい。

contents

サヨナラのしずく

死にてぇのか!	8
死に、たい	15
椿連合の元リーダーでしょ?	27
離さねぇから	36
心配なんだよ	45
守ってやるから	58
俊平、ありがとう	69
ふたり似てんじゃね?	79
俊平に会いたい	88
お前が好きだから	100
俺の女だって印だ	114
俺が嫌いか?	126
もうひとりになりたくない	136

なんで抱かないの？	148
別れてくれるか？	158
マジほっとけねぇわ	170
お前がストッパーになってる	182
幸せになれ	195
あたしのことは忘れて	207
そばにいて	216
俊平、死ぬの？	228
約束だよ	237

書き下ろし番外編

Shun side	246
Shizuku side	268
あとがき	272

サヨナラのしずく

死にてぇのか！

　夜の繁華街にひとり。
　周りは酔っぱらいのサラリーマンや、夜の世界に生きる人たちでにぎわっている。
　そんな中、高校生だってことなんて気にせず、タバコをくわえ火をつける。
　この１本を吸い終わったらタクシーで家に帰ろう。
　繁華街の隅っこで立ったままタバコを吸っていると、目の前で喧嘩が始まった。
　とくに興味もなく、野次馬する気も、サラリーマンたちみたいに逃げる気もないあたしは、その場で気にせずただタバコを吸っていた。
　興味はないけど、これだけ騒がしくされたら目線は自然と喧嘩している人たちへと向いてしまう。
　ひとりがナイフを取り出し、大きな声を出してそれを振りまわしはじめた。
　それでも喧嘩はおさまらない。
　タバコを吸い終わり、その場から立ち去ろうとしたあたしは、後ろから思いっきり背中を押された。
　痛い!!
　押された勢いで前のめりに転んで、両手と膝を思いっきり地面についてしまった。
　あたしのすぐ横では、ナイフを持っていた男が馬乗りに

なられて殴られてる。
　あたしはゆっくり立ちあがり手のひらを払う。
　膝に目をやると、血が流れだしていた。
「おい！　どいてろ」
　大きな怒鳴り声も耳には入ってこず、黙って流れている血を見つめていた。
　痛みは感じず、ただ血を見ているとやけに癒された。
「お前、死にてぇのか！」
　そう言って、誰かが後ろからあたしの肩をつかむ。
　膝の血から後ろにいる人に視線を移すと、息切れした様子の男がいた。
　一瞬、男は目を丸くしてからすぐに眉間にシワをよせ、あたしを睨むように見てきた。
「ナイフ振りまわしてるヤツの横通るとか、バカか！」
　そう言って、あきれたという顔でなぜかあたしを睨んでくる。
　あたしは男の言葉で、ナイフを振り回していた男の横を通ろうとしていたことを知った。
　家に帰ることしか考えてなかったから、危ないとか頭になかった。
　っていうことは、背中を押したのはあたしを助けようとしたからなのかな？
　そういえば、押される寸前に誰かの『危ねぇ』って叫び声が聞こえた気がする。
　まさかあたしに向けられていたとは思わなかったけど。

「怪我(けが)したのか？」
「…………」
　男はあたしの膝に視線を向け聞いてきた。
「歩けるか？　ちょっと、来い」
　男は、あたしの左手首をつかんで歩きだした。
　なんでこんなことに巻きこまれてるんだろう？
　この男はあたしをどこへ連れていくつもりなんだろう？
　あたしを引っぱっていく男の背中を見つめながら、冷静にそんなことを考えていた。
　男の行き先はクラブで、外にはスーツを着た男が立っている。
　スーツの男たちはあたしを引っぱる男に頭を下げた。
　男はそれに頭を下げ返すことなくクラブの中へ入っていこうとしたけど、あたしは足を止め腕を振りはらった。
　ここまで黙ってついてきていたあたしが、いきなり腕を振りはらったからか、男はちょっと驚いた顔であたしを見てきた。
「中で手当てしてやるから」
「いい」
「あ？」
　手当てするために、あたしをここまで連れてきたんだ。
　でも、これくらいたいした怪我でもないし、手当てしてもらわなくても大丈夫だよ。
「帰る」
　あたしはそう言って男に背を向け歩きだそうとした。

すると、男はまた腕をつかんで帰ろうとするあたしを引き止める。
「手当て終わったら帰してやるから」
「無理だと思う」
「無理？　なにが？」
「あたし高校生だから、入れないと思う」
　クラブなんか行ったことないけど、この間クラスの女子が未成年は入れないって話をしていた。
　まだ高校２年生のあたしは、クラブには入れないと思う。
「そんなことなら気にするな。入れるから」
　え？　入れるの？
　でも入り口で年齢確認されるってクラスの子が言ってたと思うけど。
「俺と一緒なら年齢確認なんてされねぇよ」
　なんで？と思っているあたしの腕がふたたび引っぱられ、クラブの中へと連れてこられた。
　男が言っていたとおり、年齢確認もされなかった。
　はじめて入ったクラブの中は大音量で音楽が流れていて、男女が入りまじって騒いでる。
　男は黙ったままあたしを奥へと連れていき、階段を上りはじめた。
　10段ほどしかない階段を上りきると、個室へ入らされる。中にはソファとテーブルしか置かれていない。
「すぐ戻ってくるから座って待ってろ」
　そう言うと、男は部屋にあたしひとりを残していなく

なった。

　1階と違って多少音量は小さいけど、それでも音楽ははっきりと聞こえてくる。

　あたしは言われたとおり、入り口近くのソファに腰をおろす。膝の傷口を見るといつの間にか血は止まっていた。
「おとなしく待ってたみたいだな」
　戻ってくるなり男はそう言って、あたしの足元に膝をつく。
「ちょっと我慢しろよ」
　救急箱を持って戻ってきた男は傷口を消毒しはじめた。
「痛むか？」
「大丈夫」
　消毒液が少ししみるけど、そんな痛みはたいしたことない。
　あたしにとっては、痛いと口にするほどの痛みではなかった。
「よし、これで大丈夫だろ」
　男は、丁寧に傷口を消毒して血のあとをおしぼりで拭いてくれた。
「ありがとう」
「ああ。もう喧嘩してるとこに近づくんじゃねぇぞ」
「うん」
　こうやって誰かに傷口を手当てしてもらったのって何年ぶりだろう？
「お前、ホントわかってんのか？」
　男は床に膝をついたままあたしをのぞきこんで聞いてきた。

「うん、わかってる」
「あのとき俺が背中押さなきゃ、お前ナイフで切りつけられてたかもしれねぇんだぞ」

　押されたときは気づかなかったけど、あとから考えるとそうだったんだろうなって思った。

　当たったとかじゃなくて、あたしを助けるために誰かが背中をわざと押したんだって。

　そして、その誰かがこの人なんだってなんとなく気づいていた。

　膝をついていた男は立ちあがり、テーブルに腰かけてタバコに火をつけた。
「お前、名前は？」
「……高野雫（こうのしずく）」
「俺、鮫島俊平（さめじましゅんぺい）」

　男の名前を聞くよりも、男が吸いはじめたタバコを見て、自分もタバコが吸いたくなった。

　あたしは鞄（かばん）からタバコを取り出す。
「女がタバコ吸うんじゃねぇよ。それにお前まだ高校生だろ」
「無理！　タバコがなきゃ生きてけない」

　タバコを吸いはじめたのは、高校生になったばかりの頃だった。

　はじめは興味本意というか、なにげなく吸い始めたタバコだったけど、いまじゃ手離せなくなった。
「ホントお前大丈夫か？」

「なにが？」
　なにに対して大丈夫か聞かれてるのかわからない。
「いや、なんでもねぇ」
　俊平はそう言って、タバコをくわえたあたしにライターを差しだしてきた。
　吸うなとか言っといて、火をつけてくれるとかよくわかんないヤツだと思いながら、火をもらった。
　お互い無言でタバコを吸い、先に吸い終わった俊平が口を開く。
「なんかあったらいつでも来い」
「なにかって？」
「なんかトラブったときとか、行くとこがなくなったときとかだな。まあ、なんもなくても来ていいけど」
　俊平の言っている意味がわからなくて、少し首をかしげる。
「いまは意味がわかんなくても、俺が言ったこと忘れんな」
「わかった」
　このときのあたしは、俊平の言っている意味が本当にわからなかった。
　ただ、今日はじめて会ったばかりなのに優しい男だなぁと思うくらいだった。
　きっと、もう二度と会うことはないと思う。

死に、たい

　繁華街で俊平と出会ってから数日がたった。
　膝の傷もかさぶたになって治ってきている。
　最近、どうしようもない感情に襲われる。
　その感情がなんなのかうまく説明できないけど、ただどうしようもなくすべてが嫌になる。
　自分なんてどうなってもいい。
　消えてなくなってしまえばいい。
　あたしは自分を傷つけたくて、とんでもないことをすることにした。
　堕ちればなにかが変わるんじゃないかと思ったんだ。

　夜、あたしは制服姿で繁華街に来ていた。
　そこそこのいい学校に通うあたしのこの制服姿は、繁華街では珍しいのか、視線を集めていた。
　でも、そんな視線なんてどうでもいい。
「マリちゃん？」
　声の方を振り返ると、スーツを着た40代くらいのサラリーマンがいた。
「マリちゃんだよね？」
「はい」
　ふたたびあたしを"マリちゃん"と呼ぶサラリーマンに返事をした。

「本当に制服で来てくれたんだね」
　そう言って、サラリーマンはあたしのことを上から下へと舐めるように見てくる。
「かわいいね」
　下心たっぷりの男に気持ち悪さを感じるけど、深く考えないことにした。
「どうしようか？　いきなりホテルもなんだし、カラオケでも行く？」
　援交目的で出会ったのに、カラオケなんて必要ない。
　することして早く済ませたい。
「いえ、ホテル行きましょう」
　そう言うと、サラリーマンは繁華街を抜けホテル街へと向かった。
　あたしは、自分の中にある葛藤から目をそらした。
　堕ちるんだ……。
　堕ちて堕ちて、めちゃくちゃになってしまえばいい。

　ホテル街に入ると、男はどのホテルがいいかと聞いてきた。
　でも、ホテルなんてどこでもいい。
「どこでもいいです」
「じゃ、ここにしようか」
「はい」
　そう言って、男のあとについてホテルに入ろうとしたとき、誰かに腕をつかまれた。
　いきなりの出来事に驚き振り返ると、あたしを睨む俊平

がいた。
「なにしてんだ？」
 この状況でこんなことを聞いてくるなんて。
「え？　ちょ、なに？　マリちゃん、えっと……」
 サラリーマンは慌てた様子で、なにを言っているのかいまいちわからない。
「お前、なにしてんだ？」
 俊平は、また同じことを聞いてきた。
「援交」
 冷静に答えたあたしに、俊平の表情はさらに険しくなった。
「腕、離して」
 そう言ったのに俊平は、離すどころかさらに力を入れた。
「痛いから離して」
 俊平は腕を離さずにあたしからサラリーマンへと視線を移した。
 というよりも、ものすごい顔で睨みつけてる。
 ただそれだけなのに恐怖を覚えるような表情で。
「あぁ、あの、えっと、俺……」
 サラリーマンはおじけづいたのか、走って逃げていってしまった。
 俊平はあたしの腕をつかんだままホテルの中に入り、適当に部屋を選び、ルームキーを受け取ると、乱暴にあたしを部屋に入れた。
 痛いほど感じる俊平からの視線に、あたしは俊平を見ることができない。

「おい」
「…………」
「おい！」
「なに？」
　俊平を見ると、まだあたしを睨みつけていた。
「なにやってんだよ!?」
「べつに」
「なに？」
　俊平の声はあきらかに怒っているけど、あたしはなんで怒られているのかわからない。
　だって、あたしが援交しようが俊平には関係ないことだし、迷惑だってかけていない。
「あなたに関係ないじゃない！」
「なんだと？」
　どうしてこんなにこの人が怒るの？
　友達でもない、ただこの前偶然出会った名前しか知らないこの人が、なんでこんなにも怒るのかわからない。
「なんで怒るの？」
　本当に、どうしてこんなに怒ってるのか理解できなかった。
　それなのに俊平は理由を教えてくれない。
「お前、なんで援交なんかしてんだよ？　金か？」
「違う」
「あ？」
「お金だけは持ってる」
　お金が欲しくて援交をしようとしたわけじゃない。

「じゃあなんだ？」
 あたしを睨んでいた目つきが少しだけ柔らかくなった。
「……死に、たい」
 震える声が出た。
 こんなセリフ、誰にも言ったことなんてない。
 なのに、なぜか俊平に見つめられると口から勝手に言葉が出てしまう。
 俊平はあたしから視線をずらすと、抱きしめてきた。
 力いっぱいギュッて抱きしめられて、不思議な感覚におちいった。
 なにこれ？
 いままで感じたことのない変な感覚だ。
 しばらく抱きしめていた俊平があたしの頭を撫でながら耳元でささやく。
「もう、援交なんてすんなよ」
 あたしは素直に頭をたてに振る。
 援交なんて、したくてやろうと思ったわけじゃない。
 お金が欲しいわけでも、セックスが好きなわけでもない。
 ただ、自分を傷つけたかっただけ……。
 ひとつ痛みを感じれば、ほかの痛みは感じなくなると思った。
 その痛みがどれだけの激痛だとしても、あたしはそっちの方がよかった。
 俊平はあたしの体を少し離すと、唇を重ねてきた。
 まったく予測していなかったあたしは、だらんと下ろし

ていた腕を上げ、両手で俊平の腕をつかむ。
　抵抗をしても、あたしの腰と後頭部に回されている俊平の手が離れることはなく、重なっていた唇が少しだけ離れた。
「口あけろ」
　俊平はあたしの目をチラッと見てそう言うと、再び唇を重ねてきた。
　やめてくれるのかと思ったのに、口をあけろだなんて。
　あたしが頑(かたく)なに唇を閉じていると、俊平は舌であたしの唇を舐めまわしてやっと唇を離した。
　そして、あたしを見つめながら頭を優しく撫(な)でてきた。
　なんなの、これ？
　なんでキスしたの？
　なんで優しく頭を撫でるの？
　なんでそんな瞳であたしを見つめてくるの？
　あたしはなにがなんだかわからず、ただドキドキしていた。

　ホテルを出ると、俊平はタバコに火をつけた。
「あたしもタバコ吸いたい」
　さすがに制服姿で吸うわけにはいかない。
　部屋の中で吸ってくればよかった。
「女がタバコ吸うんじゃねぇって言ったろ」
「タバコがなきゃ生きていけないって言ったでしょ？」
　あたしにとってタバコは、安定剤の役割。
　最近つくづくそう思う。

「俺がタバコの代わりになってやるから、やめろ」
「どういう意味、それ？　意味わかんない」
「まあいいや。でも俺はタバコ吸う女は好きじゃねぇ」
　自分は吸うくせにと思ったけど、口には出さなかった。
　だってあたしには関係のないことだから。
　俊平がタバコを吸う女を嫌いでもなんでも、興味なんてない。
「腹へったな。メシ食いに行くぞ」
　そう言って、俊平はタバコを吸ったまま歩きだした。
　行くぞって言われても、あたしはべつにお腹はすいていない。
　学校でお昼を食べてからなにも食べていないけど、夜ご飯をぬくことなんてよくあることだし。
「なにやってんだ？　早く来いよ」
　動きださないあたしに気づいたのか、俊平は振り返りそう言った。
　あたしがちょっと急いで俊平の元まで行くと、俊平はあたしの肩に腕を回し再び歩き出した。
　はじめて会ったときもそうだったけど、俊平って強引で俺様だ。
　自分のペースに、自分の世界にあたしを引っぱりこもうとする。
　だけど、それが嫌だとは思わない。
　強引な方がなにも考えずに済んで、あたしにはありがたい。

ホテル街を出て繁華街へと戻ってくると、さっきより人が増えていた。
　これから飲みに行こうとしているサラリーマンたちで、溢れている。
「なに食いてぇ？」
「なんでもいい」
「その格好じゃ居酒屋は無理だな」
　そう言いながら、俊平は繁華街を堂々と歩く。
　ときどき、俊平の知り合いなのか俊平に頭を下げてくる人がいて俊平は「おう」と軽く挨拶をしていた。
「焼肉でいいか？」
「うん、なんでもいい」
　そう言うと、俊平は繁華街にある焼肉屋へあたしを連れて入った。
　席まで案内されると、俊平はあたしの肩に回していた腕を離す。
　席に座ると、俊平はすぐにメニュー表に目を向けた。
「なにか食いてぇもんあるか？」
「なんでもいい」
「じゃ、適当に頼むぞ」
　俊平はさっそく店員さんを呼び、注文を始めた。
「タン塩2と、上ロース2と、上カルビ2と……あと上ミノもふたつちょうだい。それと、生ビール……お前はなに飲む？」
　メニューからあたしへと視線を移し聞いてきた。

「お茶」
「ウーロン茶ひとつ」
　そう言うと、俊平はタバコに火をつける。
　店員さんは注文内容を確認すると、火をつけ戻っていった。
「あんなにいっぱい頼んで、ほかに誰か来るの？」
「は？　来ねぇよ。あれくらい俺ひとりでも食えるだろ」
　男の人の食事の量なんて知らないけど、あたしには信じられない量だった。
　焼肉屋なんて数回しか来たことはないけど、お肉なんてひとり２～３皿しか頼んだことがない。
　注文した飲み物がやってきて、俊平はビールを勢いよく美味しそうに飲んでいる。
「お前、学校はちゃんと行ってんのか？」
「うん。毎日行ってる」
「そうか。案外真面目なんだな」
　学校に毎日行くくらい、真面目でもなんでもないと思う。
「普通だよ」
「そうだな。学校は毎日行って普通だな」
　俊平はそう言って笑っている。
　なにがおもしろいのかあたしにはわからないけど、この人は怒ったり笑ったりとよく表情が変わる人だ。
　俊平が笑っていると、店員さんがお肉を持ってやってきた。
「お待たせしました。タン塩２人前です。……あれ？　高野さん？」
　名前を呼ばれ店員さんを見ると、見たことのある人だった。

「俺、オザワだよ。同じクラスの」
　そう言われて思い出した。
　話したこともないし、それに彼は制服じゃないからすぐにわからなかった。
「ああ、こんばんは」
「こんばんは」
　オザワくんは俊平をチラッと見ると、頭を下げて戻っていった。
「お前、アイツが名乗るまで誰だかわかんなかっただろ？」
　オザワくんが去ったあと、さっそくお肉を焼きながら俊平が言ってきた。
「だって話したことないし」
「それでもクラスのヤツの顔くらいわかんだろ」
　俊平はまた笑いだした。
「よく笑うね」
「お前はまったく笑わねぇな」
「だっておもしろくないし」
「そうかよ」
　俊平は焼きあがった塩タンをあたしのお皿へとどんどん入れてくれる。
「そんなに食べられないから、いっぱい入れなくていいよ」
「これくれぇ食えんだろ」
「食べられないよ」
「食えよ。そんなに痩せてんじゃねぇよ」
　そう言われても、あまり食欲がない。

なにを食べても美味しいと思わないし、なにか食べたいとも思わない。
　あたしはあまり食に関心がないんだと思う。
　目の前でビールを飲んでお肉を食べる俊平を見てすごいと思った。
　あたしは、お肉を数枚食べお箸をおいた。
　もう、お腹いっぱいで食べられない。
　一方、俊平はビールをおかわりして、お肉を追加して美味しそうに食べていた。
「帰るか」
「うん」
　食べ終わったあたしたちは席を立ちレジへ向かう。
　あたしが鞄の中から財布を出そうとしているうちに、俊平は会計を済ませてしまった。
　お店を出てからお金を払おうとしたけど、あっさり断られてしまった。

「家どこだ？　送るか？」
「いい。タクシーで帰る」
「そうか。じゃあタクシー乗り場まで連れていってやるよ」
　またあたしの肩に腕を回して歩きだす。
　嫌じゃないけど、誰かと手を繋いだ思い出もあまりないあたしは、こういうことに慣れていなくて、へんに意識してしまう。
　俊平は大通りのタクシー乗り場まで送ってくれた。

「お前さ、番号教えるから電話してこい」
「え？」
「援交なんかしねぇで、俺に電話してこい」
「うん」
「ぜってぇしてこいよ」
　そう言って、俊平は微笑みながらあたしの頭を撫でてきた。
　俊平に番号を教えてもらい、タクシーに乗った。
　あたしはタクシーの窓から流れる景色を見ながら、俊平のことを考えていた。
　はじめてキスをした男……。
　あたしの肩に回す腕も声も、嫌じゃなかった。
　俊平と別れてひとりなのに、まだ俊平の温もりが残っている。
　まるでまだ隣に俊平がいるみたいだ……。

椿連合の元リーダーでしょ？

　翌日、学校へ行くとオザワくんが話しかけてきた。
「高野さん、おはよう」
「おはよう」
　わざわざあたしの席まで来て挨拶をしてくるなんて、いままでなかったのに。
　というか、挨拶すらしたことなかったかも。
「昨日一緒にいた人って彼氏？」
「違うけど」
「そっか。あの人と友達なの？」
　あたしはどうしてオザワくんが俊平の話ばかりしてくるのか気になったけど、早く会話を切りあげようと思っていた。
「友達ではないけど、ちょっとした知り合いってところかな」
「そうなんだ。あの人ってシュンさんだよね？」
「シュンさん？」
　あたしは首をかしげてオザワくんの目を見て聞いた。
「たしか俊平って名前だっけ？　よく店に食べに来てくれるんだけどさ、友達とかにはシュンさんって呼ばれてるから、つい」
「あー、そうなんだ」
　俊平ってシュンさんって呼ばれてるんだ。
　まあ、そんなことどうでもいいんだけど。

「あの人、椿連合の元リーダーでしょ？」
「なに？　その椿連合って」
　早く話を切り上げようと思ってたけど、ちょっと気になって聞き返した。
「高野さん、知らないんだ……」
「うん。知らない」
　べつに俊平のことを知りたいだなんて思ったことなかった。
「椿連合っていうのは、暴走族だよ」
　暴走族……。
　俊平が？
　あんなに優しいのに。
　あ、でも睨んだらすごかった。
　昨日サラリーマンを睨んでいる俊平を見て、ちょっと寒気が走った。
　でも、あたしは知らなかったとはいえ、そんな人に敬語も使わないで話してたんだ。

　それから、オザワくんは毎日あたしに話しかけてくるようになった。
　俊平の話は最初だけで、もうすぐ始まる１学期の期末テストの話とかばっかりだったけど。
　学校の中で、あたしに話しかけてくる人なんてほとんどいなかったから、オザワくんが話しかけてきてくれることは嫌じゃなかった。

「高野さん、最近オザワくんと仲よしだよね」
　休み時間に勉強をしているあたしのところに、クラスの女の子たちがやってきてそう言った。
　あたしは、休み時間はすることがないから、よく勉強をしている。仲よく話せる人もいなくて、いつもひとりで過ごしていた。
　自分から話しかけるのも苦手で、昔から友達もいなかった。でもいまはひとりでいることに慣れて、べつに平気だ。
寂（さみ）しいなんて思わない。
「そんなことないよ」
　あたしは顔を上げ、女の子たちを見あげてそう返した。
　ちょっと話すようになっただけで、べつに仲よくなったわけじゃない。
　まあ、いつもひとりでいるあたしが誰かと話しているから、目立ってしまうだけかもしれないけど。
「この子、オザワくんが好きなんだよね」
　この子って言われた子に視線を向けたけど、思いっきり目をそらされた。
「だから、紹介してあげてくれない？」
「紹介？」
　なんで同じクラスの子に同じクラスの子を紹介しなきゃいけないんだろ。
　好きなら自分で仲よくなればいいのに。
　それに、あたしは紹介できるほどオザワくんと仲よくない。
　オザワくんが話しかけてきてくれるだけで、あたしから

話したりもしないし。
「うん。オザワくんって女子と話さないのに、高野さんとは話すから。それとも高野さんもオザワくんが好きだったりする？」
「いや、それはないけど」
「だったらお願い、ね？」
「え……でも……」

　ここははっきり断っておいた方がいいと思ったのに、クラスの女子たちは押しつけるようにして行ってしまった。
　どうしよう……。
　面倒臭いことに巻きこまれたよ。
　あたしに話しかけてくるなんてめずらしいと思ったらこれか。
　あたしなんかと仲よくなりたいと思う人なんて、いるわけないよね。

　それから数日、オザワくんを紹介してと言ってきた女子たちに毎日話しかけられるようになった。
　って言っても、あたしには催促にしか思えないけど。
　この日、あたしはある場所に授業をサボってタバコを吸いに来ていた。
　ここは、あたしが学校の中で一番落ち着ける場所。グラウンド近くにある倉庫の裏で、誰も人が来ない。
「高野さん」
　誰かに名前を呼ばれて急いでタバコの火を消した。

「な、なに？」
　視線の先にはオザワくんがいて、あたしの横まで来ると腰をおろした。
「そんなに慌てなくても大丈夫だよ。俺、前から高野さんがタバコ吸うの知ってたし」
「え？」
　学校でも隠れてよく吸っていたけど、誰にもバレていないと思っていた。
「ここでよく吸ってるよね。1年のときに偶然見かけたことあるんだよね」
　そんな前から知ってたんだ。
「タバコって美味しいの？」
「美味しいとはちょっと違うかな。空気みたいなもんだよ」
　空気もべつに美味しいわけじゃないけど、ないと息苦しくなる。
　それと同じだと思う。
　あたしはもう一度、タバコに火をつけ吸いだした。
「オザワくんって好きな人いる？」
　いまがチャンスだと思って、いきなり切りだす。
「え？　お、俺？」
　いきなりだったから驚いたのか、オザワくんの声がちょっと裏返ってる。
「うん。好きな人いる？」
「……まあ、いるかな」
　いるのか……。

いないって言ってくれれば紹介もしやすかったのにな。
　この機会に紹介の話をしておかないと、またあの女子たちに催促されるかもしれない。
　でも、好きな人がいるのに紹介なんてされてもね。
　あたしはタバコを吸いながら、どうしようか悩んでいた。
「高野さんは？　いるの？」
「え？」
「好きな人」
　まさか自分がした質問が自分に返ってくるとは思わなかった。
「いないよ」
　好きな人とか、できたことがない。
　誰かを好きになったことも、誰かを信用したこともない。
　だからあたしは、紹介してと言ってる子の気持ちをあんまりわかってあげられないんだと思う。

　結局、クラスの女の子をオザワくんに紹介できないまま1週間がたった。
　だけど、オザワくんはあたしが授業をサボってタバコを吸っているとなぜか毎回のように倉庫の裏に来るようになった。
　あたしたちはなんてことのない会話を少しするだけ。
「明日からテストだね」
「そうだね」
　オザワくんはテストが嫌なのか、ため息をつきながら話

してきた。
「勉強してる？」
「まあ、一応」
「高野さんはいいよね。頭いいし」
　べつによくはないんだけど、友達がいないから休み時間まで勉強してると嫌でもそうなる。
「オザワくんは勉強してる？」
「しまくってる。進学希望だし」
　あたしみたいにおとなしく卒業できればいいと思っている人間とは違うんだ。
　将来とか、ちょっと先の進学とか考えられない。
　あたしに未来なんてあるのかなって、将来への実感が持てない。
「あー、そうだ。テスト終わったら、クラスのみんなで遊びに行こうってなってるらしいけど、高野さん参加するの？」
「あたしはしないかな」
　お誘いもかかってないし。
　べつに誘われないことはどうでもいい。
　どうせ楽しめるとは思えないし。
　あのクラスには、あたしの居場所なんてないことはわかっている。
　それでも学生の間は、教室というところで過ごさなきゃいけないのもわかっている。

テスト最終日、クラスのみんなはカラオケへ行く話で盛りあがっていた。
　そんな中、あたしが帰り支度をひとりしているとオザワくんが話しかけてきた。
「高野さん、帰るの?」
「あ、うん」
「俺も帰るんだ。一緒に帰ろう」
　オザワくんもクラスの集まりに参加するもんだと思っていた。
「カラオケ行かないの?」
「うん、テスト勉強で寝不足だから帰って寝る」
　あたしはオザワくんと一緒に教室を出て、帰路についた。

　翌日、学校に着くなりクラスの女の子にトイレに呼び出された。
「昨日、オザワくんとふたりでどこ行ったの?」
　オザワくんを紹介してって言った子たちだから、彼の話だろうと思ってついてきたけど、やっぱりそうだった。
「どこも行ってないよ。まっすぐ帰った」
「そんなの信じるわけないでしょ?」
　それなら信じなきゃいいよ。
　あたしは信じてほしいなんて思っていない。
「それに、いつになったら紹介すんのよ!」
「紹介できない」
「はぁ?」

この際、はっきり断っておこう。
「ごめんなさい」
　彼女は、謝って頭を下げたあたしの髪の毛を思いっきり引っぱった。
　いきなりで驚いたけど、こんなのなんでもない。
　大丈夫。あたしなんてどうなってもいいんだ。
　この日から、クラスの女子たちからあたしに対するいじめが始まった。
　クスクスと笑われたり、嫌味を言われたり、物を隠されたりした。
　だけどそんなことどうでもよかったし、これくらいのいじめは耐えられた。
　やりたいヤツは勝手にいじめていればいい。
　あたしはなんとも思っていないから。
　そう自分に言いきかせ、耐えていた。

離さねぇから

　朝、学校へ行くといつも以上にクスクスと笑う声が聞こえてきた。
　あたしは気にせず自分の席につこうとしたとき、机の上にラクガキをされていることに気がついた。
　いつも以上にクスクスと笑われてたのは、このせいか。
　昨日までと違い、男子の視線も感じるなとは思っていたんだけど。
「高野さんー、俺も相手してよー」
　クラスの男子が、あたしにそう大声で言ってきた。
　誰がアンタなんか相手にするか！
　あたしは無視をして教室を出た。
　べつにたいしたことない。
　そう言いきかせながらいつもの倉庫裏へ行き、タバコに火をつけた。
　思いっきり吸い込み、ため息のように煙を吐きだした。
「高野さん、大丈夫？」
　声の方を見ると、オザワくんがいた。
「なにが？」
「え？　あ……」
「いじめ？　それとも机に書いてあったこと？」
　いまはひとりになりたかった。
　あたしをいじめたりしないオザワくんにも、来てほしく

なかった。
「……いじめ？　高野さんいじめにあってんの？」
　オザワくんが心配そうに聞いてくる。
「そんな顔しなくても気にしてないから大丈夫だよ。それより、授業始まるから戻った方がいいんじゃない？」
　オザワくんはとまどった表情で教室に戻っていった。
　あたしがいじめられてるの、本当に知らなかったんだ。
　まあ、女子たちも今日まではコソコソやってたしね。
　でも、あたしがあんまり反応しないからエスカレートしてきたのかな。
　タバコを吸い終わると空を見あげた。
　もう夏だな……。ここでタバコを吸うのが辛(つら)くなる季節がやってきた。
「あ、いた！」
　嫌な声が聞こえてきて、空から声の方へと視線を向ける。
　そこにはクラスの男子が3人立っていた。
　嫌な予感しかしなかったから、あたしは立ちあがった。
「探しまわったよ」
　そう言って、不敵な笑みを向けてくる。
「なにか用？」
　そう問いかけるあたしに、男子たちは1歩近づいてきた。
「いや〜、用っていうか〜、なぁ？」
「そうそう」
「俺ら、高野さんの相手してあげようかと思って探してたんだよ」

気持ち悪い。
「欲求不満なんでしょ？」
　机に書いてあったことを真に受けたのかは知らないけど、ありえない。
「"欲求不満です。誰か相手してー"って書いてあったじゃん」
「あたしは書いてない」
　男子３人があたしを囲むように立っていて、照りつける太陽のせいか、汗が流れる。
「書いてないって、あれ高野さんの机じゃん」
「誰かがイヤガラセで書いたに決まってるでしょ！」
「えー？　そんなことないでしょー」
　コイツら、わかってて言ってる。
「ちょっと！　触らないでよ！」
　ひとりがあたしの肩に触れてきてそう叫んだ。
　気持ち悪い。
　ちょっと触れられただけなのに鳥肌が立つ。
「触らないでよだってー。俺ちょー萌えるんだけど」
　これ以上ここにいたらヤバい。
　男子たちをよけて逃げようとしたら、腕をつかまれる。
　そして、そのまま押し倒されてしまった。
「ちょっと！　なにすんの！　離して！　やめて！！」
　あたしはいままであげたことのないくらい大きな声を出した。
「げっ、おい行くぞ」

あたしがあまりにも大きな声を出したからか、男子たちはあわてて去っていく。
　助かった……。
　本当になにかされるかと思った。
　怖かった……。
　ホッとしたのか、涙が流れてくる。
　あたしは地面に寝転がったまま空を見あげ涙を流した。
　1年ぶりの涙だった。

　しばらく泣いたあと、教室には戻る気になれず学校を出た。
　ひとりの家へ帰る気にもなれなくて、繁華街へと向かう。
　繁華街はこの時間に制服でいても違和感がない。
　ここには学校をサボっている高校生がたくさんいる。
　1時間近く繁華街をぶらぶらしていたけど、行くあては見つからなかった。
　こんなとき、友達がいれば一緒に過ごせたのかな？
　友達がほしいとは思わないけど、友達がいたらこんなんじゃなかっただろうなって思う。
　あんなことがあったせいか、やけに悲しくなる。
　ひとりでいる自分が悲しいと思う。
　繁華街のどまん中に立ち止まり、スマホを取りだす。
　少ないアドレスのデータの中から、あの人に電話をかけた。
『……はい』
　長い呼び出しの末、寝ていたのか不機嫌そうなかすれた声が聞こえた。

「もしもし」
『あ？　誰だ？』
「……高野雫、です」
　いきなり電話をかけて迷惑だったかな？
　なにかあったら電話してこいって、なにもなくても電話してこいって言ってくれてたけど、そんなの本気じゃないかもしれないのに。
　いや、そんなの本気なわけがない。
　きっと電話なんてしてこないだろうと思って言ったんだ。
『どうした？』
「べつになにもないけど」
『そうか。いま学校か？』
「ううん、繁華街」
　名前を言ってわかってくれたことがうれしかった。
　それにあたしだってわかったからか、不機嫌な声がちょっと優しい声に変わった気がした。
『繁華街のどこだ？』
「どこって言われても」
　通りの名前とかあるんだろうけど、そんなのわからないし。
『なんか目に見えるもん言ってみろ』
「"ガールズバーリンダ"って大きな看板がある」
『わかった。すぐ行くから待ってろ』
「え？」
　そう言って相手は電話を切った。
　すぐ行く？

来るの？
　すぐ行くって言われて驚いたけど、でも来てほしくて電話をした気がする。
　この人しか電話をかける相手はいないと思った。
　俊平しかいないと思ったんだ……。

　それから10分もしないうちに俊平はやってきた。
「あちーな」
「うん。よくここがわかったね」
　こんな看板だけでわかるなんてすごい。
「あたりめぇだろ。毎日ここで過ごしてんだから」
「毎日？」
「ああ」
「そっか」
「それよりあちぃ。どっか入るぞ」
　暑いとしか言わない俊平とあたしは、ファミレスにやってきた。
　ファミレスの中は冷房が効いている。
　ドリンクバーを頼み、あたしは自分と俊平の飲み物を入れテーブルへ戻った。
「コーラでよかった？」
「なんでもいい」
　あたしがコーラの入ったコップを渡すと、俊平はコーラをひと口飲み、タバコを取り出し吸いはじめた。
「で？　どうしたんだ、それ」

「なにが?」
「制服泥だらけじゃねぇか」
「あー、こけた」
　本当のことを言ってもよかったんだけど、いじめにあってるなんて言いづらい。
　それであんな目にあって、泣いて学校から出てきて俊平に電話したなんて、もっと言いづらい。
「どんくせぇな」
「うん」
　俊平は苦笑いを浮かべている。
「お前さ、やっと電話してきたと思ったら、なんてときにかけてくんだよ」
　なんてときって、電話したら迷惑な時間だった?
　夜中とかだったら迷惑かもしれないけど。
　あ、でも俊平寝てたんだ。
「ごめん。寝てたよね」
「ああ、寝たばっかりだ」
「寝たばっかり?」
「ああ、さっきまでここで遊んでた」
　知らなかったとはいえ、なんでこんな時間に電話しちゃったんだろ。
　寝たばかりで起こされたら迷惑だよね。
「でもさ、お前もうちょい早く電話してこいよ」
「ごめんね。寝たばっかりで起こされたら迷惑だよね」
　電話なんかするんじゃなかった。

迷惑がられるなんて、ちょっと考えればわかったことなのに。
「そうじゃねぇよ。そんな切羽詰まった顔する前にかけてこいって言ってんだ」
切羽詰まった顔？
　あたし、そんな顔してるの？
「なにがあった？」
「だから、なにもないって」
「言いたくねぇなら言わなくてもいい。でも……お前が心を開くまでお前のこと離さねぇからな」
　意味がわからない。
　俊平といると、わからないことがいっぱいだ。
　『離さない』なんて恋人に言うような言葉をあたしに向ける俊平は、本当になにを考えているのかわからない。
　だけど離さないでほしいと思った。誰でもいいから一緒にいてほしい。
　この日から、あたしは毎日繁華街に行くようになった。
　日が暮れる頃に、俊平から毎日電話がかかってきて繁華街に来いと誘われる。
　ひとりでなにもすることがないあたしは俊平の誘いを断らず、繁華街まで来ている。
　学校はあれ以来行かないまま夏休みに入った。
　今日も夕日が部屋を赤く染める頃、俊平から誘いの電話がかかってきて繁華街までやってきた。
　待ちあわせはいつも"ガールズバーリンダ"の看板の前。

いつも一緒にご飯を食べ、時間を過ごした。
　いままで友達と遊んだことのないあたしには、新鮮なことばかりだった。
　昨日はアミューズメントパークへ行き、はじめてボーリングをした。
　はじめてのゲーセンにも行ったし、カラオケにも行った。
　こんな世界があるんだって、はじめて知った。
　学校しか行かずに、時間があけば勉強しかしてこなかったあたしの世界は一変した。

　この日も、リンダの看板の前へ行くと、タバコを吸っている俊平がもうすでにあたしを待っていた。
「今日もあちーな」
「うん」
「早く涼しいとこ行こうぜ」
　今日はどこへ連れていってくれるんだろうと思いながら、俊平に肩を抱かれて歩く。
　歩くときには必ずってほどあたしの肩に腕を回す俊平に、数日前に聞いてみた。
『なんで肩抱くの？』って。
　そうしたら、俊平はあのときと同じセリフを言った。
『嫌か？』
『べつに嫌じゃないけど』
『まあ、嫌でも離さねぇけどな』
　そう言って俊平は笑っていた。

心配なんだよ

　夕日がすっかり沈んで薄暗くなってきた繁華街を俊平と歩いていると、俊平のスマホが鳴った。
　俊平はあたしに腕を回したまま反対の手でスマホを取り出し、電話に出る。
「俺だ」
　俊平は必ずってほど、電話に出る第一声は「俺だ」って言う。
　毎日あたしにかけてくるときも同じだ。
「あ？　いま？　繁華街だけど」
　俊平の電話は、一緒にいるときもよく鳴る。友達が多い証だ。
　でも、いつもあたしを優先してくれるかのように『いま忙しいからまたかける』って言って電話を切る。
　ゲーセンとかで遊んでいるだけなのに。
「あ？　ちょっと待ってろ」
　でも今日はいつもと違う。
　俊平は電話を耳から離して、あたしに視線を向ける。
　あたしも俊平の目を見て視線を合わせた。
「俺のツレと一緒にメシ行くか？」
「え？」
　俊平のツレ？
　俊平の友達ってことだよね。

「嫌ならべつにいいぞ」
「嫌じゃないけど」
「けど?」
「あたしも一緒でいいの? べつにあたし帰ってもいいけど」
　毎日あたしといることで俊平の時間を奪っているんだ。
　俊平はあたしと違って、いっぱい友達がいるんだし。
「お前がいねぇと意味ねぇ」
「え?」
「コイツ、俺がお前といんの知ってて誘ってきてんだ。お前に会いてぇんだよ」
「じゃあ一緒に行く」
　そう答えると、俊平は微笑んであたしの肩から腕を動かし頭を撫でてきた。
　汗かいてるからあんまり触ってほしくないのに。
「もしもし、いまから行くわ……ああ、一緒だ。じゃあな」
　俊平は電話の相手にいまから行くと伝えて電話を切った。
　あたしはまた俊平に肩を抱かれて歩きだす。
「ねぇ、友達って男?」
「だな」
「そっか」
「嫌か?」
　べつに嫌ではない。
　でも、あれ以来ちょっと男の人が怖くなってる。
　俊平は大丈夫だけど、ほかの男の人に話しかけられると

ちょっと意識してしまう。
　でも俊平も一緒だし、大丈夫だよね。
「べつに大丈夫」
　そう答えたけど、やっぱり少しだけ不安はある。
「嫌になったらすぐ言え。連れて帰るから」
「うん」
　俊平と繁華街を歩いていくと、男の人がこっちに向かって手を上げていた。
「おせぇな」
　男の人が俊平に向かってそう言ってきた。
「まっすぐ来てやっただろうが」
　俊平はあたしに話すときよりも低い声で言い返してた。
「はいはい。それより紹介しろよ」
　俊平の低い声は気にもならないのか、男の人はあたしへと視線を向けてきた。
「雫だ」
「へぇ〜、雫ちゃんか。かわいいな」
「ジロジロ見んな」
　俊平はそう言って、あたしに回す腕の力を強めて引きよせた。
「雫ちゃん、はじめまして。俺、カズキ。よろしくね」
　男の人は俊平の言葉を無視してあたしにニコニコした笑顔を向けてきた。
　あたしは男の人に少し笑みを作り返す。
　カズキさんは、どことなく俊平に似ている気がする。

俊平はキリッとした眉毛に、奥ぶたえで少し目つきが悪いけど、鼻筋も通っていて一般的にはカッコいい顔だと思う。
　髪の毛は短すぎず長すぎず無造作にセットされている。
　カズキさんは、黒髪をビシッとセットしていて髭を生やしているから、見た目とかは俊平と違うけど、目が似ていると思った。
　ちょっと目つきが悪いところが。
「いやー、知らねぇうちにシュンに彼女ができて驚いたぜ」
　え？　彼女？
　シュンって俊平のことだよね。
　前にオザワくんもそう呼んでいた。
　俊平、彼女できたの？
　って言うか、彼女がいるのかとか聞いたことなかった。
　なんでいままで気にしなかったんだろ。
　俊平はカッコいいんだから、彼女くらいいるよね。
　それなのに毎日あたしと遊んでたら迷惑だ。
「カズキ、うるせぇ。黙れ」
「はいはい。それよりメシ行こうぜ？」
　あたしたちは3人で繁華街を歩き、居酒屋へと向かう。
　あたしはその間、ずっと俊平の彼女のことを考えていた。
　どんな彼女なんだろうかとか。
　いつ会っているんだろうかとか。
　彼女にもあたしと同じように優しく笑いかけたり、肩に腕を回したり、頭を撫でたりするのかな、とか、そんなことばかり考えていた。

居酒屋に入るなり、俊平とカズキさんはビールを頼む。
「お前、なに飲む？」
　隣に座る俊平が、優しくあたしに聞いてきてくれる。
「ウーロン茶」
「えー、雫ちゃん飲まないの？」
　目の前に座るカズキさんがあたしに向けて言ってきた。
「お前、酒飲めるのか？」
「わかんない」
　いままで飲んだことない。
　居酒屋も俊平としか来たことないし。
「じゃあ、やめとけ」
「飲んでみたい」
　ビールを美味しそうに飲む俊平を見るたびに、いつも飲んでみたいと思っていた。
「じゃ、チューハイとかにするか？　甘いやつ」
「ビールにする」
「大丈夫かよ？」
「わかんない」
「まあ、飲めねぇときは俺が飲むわ」
　俊平はそう言ってあたしの分のビールも頼んでくれた。
　3人で小さく乾杯をして飲みはじめた。
　初めてのビールは苦いというか、美味しいとはいえない感じだった。
　でも飲めないというわけでもなくて、あたしは1杯目を飲みほした。

「もう1杯飲むか？」
「もういい」
「美味しくなかったか？」
「うん」
　カズキさんと話していた俊平は、あたしのビールがなくなるとすぐに聞いてきた。
「だからカクテルとかにしろって言っただろ」
「じゃあ、次はそれにする」
「まだ飲むのか？」
「うん。カクテル頼んで」
　このふわふわした感じは酔っぱらっているせいかな？
　なんだかいままでに感じたことのないくらい、いい気分だ。
「何味にすんだよ？」
「なんでもいい」
「じゃあ、カシオレにすんぞ」
「うん」
　俊平は自分のビールとあたしのカシスオレンジを頼んでくれた。
「おもしれぇ。シュンが腑抜けになってるとは」
　どういう意味かわからないけど、カズキさんは楽しそうにゲラゲラと声を上げて笑っている。
「おい、カズキ。笑いすぎだ」
「笑うなってのが無理だろ？　こんなシュン見たことねぇ」
　笑いつづけるカズキさんに聞いてみた。
「俊平って、いつもどんな感じなんですか？」

カズキさんに向けて聞いたのに、隣にいる俊平からものすごい視線を感じて俊平を見た。
「な、なに？」
　こんなこと聞いたらダメだったのかな？
「お前、いまはじめて俺の名前言ったよな？」
　そうだっけ？
　はじめてだったかな？
　そんなこといちいち覚えていないよ。
「ぜってぇ俺の名前覚えてねぇだろうと思ってた」
「覚えてるよ。記憶力もいい方だし」
「よく言うよ。クラスのヤツわかんなかったくせに」
　俊平はそう言いながら笑って、あたしの頭を撫でてきた。
「雫ちゃんってホント何者だよ？　女にこんな優しいシュン見たことねぇよ」
　あたしにだけ優しくしてくれてるのかな？
　彼女には優しくしていないのかな？
　前にあたしが『死にたい』とか言ったから同情してくれてるのかもしれない。
　同情は嫌だけど、俊平の優しさに甘えているのはたしかだ。
　カズキさんはこんなあたしたちを見て「気持ちわりぃ」と暴言を吐いていた。
　俊平は少し睨みつけるだけで、それにはなにも言い返さなかった。
　カズキさんがクラブで飲み直そうと言いだし、あたしたちは居酒屋を出た。

はじめて俊平に会った日に連れてこられたクラブへとやってきた。
　思えば、俊平ははじめて会ったときから優しかった。
　あたしの周りには優しい人がいないから、余計に俊平を優しく思うのかもしれないけど……それでもやっぱり俊平は優しいと思う。
　クラブに入ると大音量の音楽とたくさんの人が溢れている。
　カズキさんはあたしたちの前を歩き、俊平はあたしの肩に腕を回しながらあとをついていく。
　奥まで行くとソファ席があり、あたしたちはそこに腰をおろした。
「雫ちゃん、なに飲む？」
「えっと……」
　席に座るなりカズキさんが聞いてくれたけど、こういうところ初めてだから、なにを飲めばいいのかわからない。
　かわいい名前のカクテルとかも知らないし。
　どうしようか困っていると隣に座っていた俊平が助けてくれた。
「ジュースにするか？　それともまだ飲めるなら、飲みやすい酒頼んでやるけど」
「うん、まだ飲む」
「わかった」
　そう言うと、俊平はカズキさんになにやら注文してくれる。
　初めてのお酒で酔っぱらっているあたしと、カズキさん

がいるせいか少しテンションの高い俊平と3人で、くだらない話ばかりしていた。

しばらく飲んでいると、俊平の知り合いがやってきた。

ふたりは俊平の横に座るあたしをジロジロ見おろしながら、カズキさんの横に腰をおろす。

「雫ちゃん。こっちがタケで、そっちがアカギっていうの。みんな古い付き合いなんだよ」

カズキさんが、そうふたりを紹介してくれた。

タケっていう人は目がクリッとしたかわいい系の顔をしていて、アカギっていう人はちょっと怖そうな雰囲気。

あたし以外の4人は冗談とかを言ったり、クラブにいる女の子を物色したりと楽しそうに話している。

あたしはその輪をこそっと抜けてトイレへ行った。

トイレの鏡には、お酒のせいか顔を赤らめたあたしが写っていた。

そろそろ帰ろうかな。

そう思ってトイレを出て、俊平たちの元へ戻ろうとしているあたしに誰かが声をかけてきた。

「ひとり?」

「え?」

見しらぬ男の人に声をかけられ、一瞬固まってしまった。

やっぱりこんなに周りに人がいても、男の人には嫌悪と恐怖を感じる。

「よかったら1杯奢るし、一緒に飲もう」

大音量のせいかこういう場所だからかはわからないけど、

男はあたしの耳元に口を近づけて話してくる。
「離れて」
「え?」
「あたしに近づかないで」
「え? なに? どうしたの?」
　この男に近づかれたせいか、全身に寒気が走り鳥肌が立った。
「俊平!!」
　あたしは奥の席にいて聞こえるはずもないのに、俊平を呼んだ。
　そのとき、その場に立ちつくして、目をぎゅっと閉じているあたしを誰かが力強く抱きしめる。
「どうした?」
　優しくあたしの耳元でささやかれる声。
　目を開けなくても、声と匂いと感触で誰だかわかる。
　俊平だとわかっただけで、あたしの中から嫌悪感と恐怖心が消えていった。
「誰かになにかされたか?」
「ううん、大丈夫」
　あたしは目をあけながら、首を振ってそう答えた。
「なにがあったか言え」
　周りを見わたしたけど、ナンパしてきた男たちはもういなくなっていた。
「知らない男に声かけられた」
「ナンパか」

俊平は舌打ちをしながら低い声でそういった。
そして抱きしめていたあたしの体を離し、あたしの顔をのぞきこんできた。
「顔を覚えてるか？」
「え？」
「見つけだして、二度とお前の前に顔出せねぇようにしてやる」
俊平は怖い顔をして真面目に言っている。
「大丈夫。一緒に飲もうって言われただけだから」
べつに触られたわけでもないし、普通ならなにもなくやりすごせたことなんだ。
いままでだって何度もナンパされたことはあったけど、適当にあしらえた。
ただ、あれ以来どうもおかしくなってしまっただけで。
「本当に大丈夫なんだな？　本当になにもされてねぇんだな？」
「うん、大丈夫。ちょっと気持ち悪かっただけ」
援交までしようとしていた自分が、あんなことくらいで、こんな風になるなんて思ってなかった。
襲われかかっただけで、未遂で終わっているのに。
それでも、あんなことははじめてで怖かったんだ。
「もう帰るか？」
「うん」
一度ソファ席に戻り、カズキさんたちに帰ると伝えてふたりでクラブを出た。

外に出た瞬間、俊平はタバコに火をつけ吸いはじめた。
「お前さ、男が苦手か？」
「え？」
「こうやって一緒に歩いていても、たまに男とすれちがうときとかビクついてるよな。今日だってタケとか来たとき固まってたし」
　自分では大丈夫だと思っていたのに。
　自分ではそこまでいっていないと思っていた。
　なのに、俊平に気づかれていた……。
「でもわかんねぇんだよ。はじめて会ったときはそんなこと感じなかったし、いつなにがあったんだよ」
「…………」
　繁華街を歩きながら、顔だけをあたしの方に向けて俊平は話してくる。
　あたしは俊平がこっちを見ていることに気づいているのに、前を歩く人の足元を見ていた。
「守りてぇんだよ、俺はお前を」
「なんで？」
「俺にもわかんねぇよ。でも心配で心配でたまんねぇんだよ。はじめて会ったときから、いまにも消えそうなお前が心配なんだよ」
　繁華街のどまん中で、俊平はそう言った。
「……心配かけてごめんなさい」
「そんなことどうでもいい。守ってやるからお前のかかえてるもん話せや」

わかってたよ。
　いつか俊平には話してしまう日が来るってこと。
　べつに話したくないわけじゃないけど、怖いんだ。
　優しくされて、話して、心を開いて、期待して……裏切られる。そして、なにより寂しい思いをすることが怖い。
　だけど、誰かに聞いてほしくて、少しでもいいからこの不安な気持ちが消えてほしい。
「……わかった。話すから静かなところへ行きたい」
　繁華街は夏休みを満喫する若者や仕事を終えて飲みにきたサラリーマンたちがいっぱいいて賑やかだ。
　こんなところじゃゆっくり話せない。
「ホテルでいいか？」
「え？」
「なにもしねぇよ。ただ話を聞くだけだ」
「うん」
　あたしはどう話そうか考えながら、ホテル街に向かった。

守ってやるから

　人生２回目のラブホは、この前みたいに適当に選んだ部屋じゃなくて、リゾートホテルみたいなかわいい部屋だった。
　ラブホのイメージって壁がピンクだったり、シーツがフリフリとかだったからちょっと意外だった。
「なにか飲むか？」
「うん、お茶かお水が欲しい」
　部屋に入るなり、ラブホらしくない部屋を見わたしているあたしに俊平がお水を出してくれた。
　あたしは、大きなベッドではなくてふたり掛け用のソファに腰をおろす。
　俊平がくれたお水をひと口飲むと、俊平の視線を思いっきり感じた。
　たぶん早く話せって思っているんだろうな。
　わかっていたのに、なにからどう話せばいいのかわからない。
「タバコ吸ってもいい？」
「特別だぞ」
　いつもタバコを吸うあたしに俊平は『やめろ、女がタバコ吸うんじゃねぇ』って言ってくる。
　でも、いまは特別に許してくれるらしい。
　あたしはタバコを取り出し火をつけ、深く吸いこんでゆっくりと煙を吐きだした。

「あたしね、学校でも隠れてタバコ吸ってるの」
「…………」
　なにか言われるかと思ったけれど、俊平は話しだしたあたしを黙ってじっと見ていた。
「絶対に先生たちには見つからない、とっておきの場所があって、その場所でいつも吸ってるの」
「…………」
「それで夏休みに入る何日か前……あ、俊平に電話かけた日なんだけど、クラスの男子たちがそこにやってきて……」
　言葉につまってしまったあたしを、俊平はせかすことなくただ黙って見ていた。
「アイツら、あたしを襲おうとした」
　横に座る俊平の腕が、あたしの肩をグッと抱きよせる。
　こんな話をしているせいか俊平にすらビクッとしてしまったけれど、俊平の肩に頭を乗せると涙が出てきた。
　泣きたくなかったのに。
　それなのに俊平の体温が温かくて、安心したのか涙が流れてきた。
「大丈夫だ。そいつらをもう二度とお前の前に顔出せねぇようにしてやる」
「うん」
　それからしばらく涙を流していたあたしを、俊平はぎゅっと抱きしめてくれていた。
　どうして俊平がこんなに優しいのかはわからないけど、あたしが俊平に心を開いた理由はわかる。

あたしは俊平が好きだ。
この優しくて温かい手を持っている俊平を、好きになってしまった。
でも、この気持ちは自分の心の奥にしまっておこう。
俊平を失いたくないから。
彼女がいたってかまわない。
こうやって、優しくあたしをギュッてしてくれるのなら。
「その男たちの名前わかるか?」
「え?」
「落とし前つけさせねぇとな」
同じクラスなのにちゃんと名前を覚えていなかった。
ひとりは自信あったけど、あとのふたりは曖昧にしか覚えていなかった。
あたしは俊平にその曖昧な記憶のまま名前を伝えた。
「お前、記憶力いいんじゃなかったのかよ?」
「興味ないものは覚えない」
「へぇ、じゃ俺には興味あったってわけか」
からかうように俊平はあたしを見てくるけど、腕はさっきからずっとあたしを包みこんだまま。
すごく居心地がよい。
「あたし、男嫌いになったのかな?」
「それはねぇだろ。俺は大丈夫なんだし。大丈夫だ、ちょっとトラウマになっただけですぐに元に戻るから」
「うん」
俊平がそう言うと、大丈夫な気がする。

こんなに誰かを信用できたのは、いつ以来だろう。
　裏切られてまた寂しい思いをするかもしれないけど、もう誰も信じずにひとりでいるのは嫌だ。
「せっかくだから泊まっていくか？」
「えっ？」
　ラブホっぽくない部屋だけど、ラブホなわけだし。
　入るときは抵抗感がなかったのにな。
「嫌ならいい」
「嫌じゃないけど、なにもしない？」
　俊平のことは好きだけど、ほかに彼女がいる人に抱かれたくない。
　それに、そうなってしまったらこの優しさも体目当てに思ってしまいそうだし。
「するかもしれねぇけど、お前が嫌がることはしねぇよ」
　俊平の顔を冗談っぽく睨みつける。
「なんだよ？」
「べつに」
「わかったよ。じゃあお前ここで寝ろよ。俺ベッドで寝るから」
　え？　普通、あたしがベッドで俊平がソファじゃない？
　まあ、普通がわかんないけど、普段優しい俊平がなんでそう言ったのか理解できない。
「なんであたしがソファなの？」
「あ？　だってお前がベッドだったら、空いてるスペースに俺が行っちまうかもしれねぇだろ」

「わかったよ。じゃソファで寝るからもうあっち行ってよ」
「なんだと？」
　声を出しながら笑うあたしの頭を、俊平は優しく撫でてきた。
「俺、先にシャワー浴びてくるわ」
「うん」
「シャワー浴びてるうちに帰るなよ」
「帰らないよ！」
　俊平は立ちあがってお風呂場へと向かっていった。
　なんか、自分がいまラブホにいるなんて信じられない。
　あたしは俊平が寝る予定の大きなフカフカのベッドへ仰向けに寝転んだ。
　そして、まっ白な天井を見つめていた。
　あたしどうしちゃったんだろう？
　人前で泣いて、弱味を見せるなんて。
　いままで、誰にもしたことないのに。
　でも、ちょっと胸の奥が温かくなったのはたしかで。
　俊平を好きなのもたしかな思いだ。

「おい！　風呂入ってこい。お湯溜めてやったから」
　俊平の声でウトウトしかけていたあたしは起きあがった。
　シャワーから出てきた俊平は濡れた髪に、上半身は裸で首からタオルをかけていた。
　上半身裸くらいたいしたことないんだけど、濡れた髪のせいか、引きしまって割れている腹筋のせいか、色っぽい。

「あ、お風呂入ってくる」
　目のやり場に困ったあたしは、そう言ってベッドから出ると、急いでお風呂場へ向かった。
　俊平が溜めてくれたお湯にゆっくりつかってからお風呂を出ると、俊平はソファに座りタバコを吸いながら電話で誰かと話していた。
　あたしがお風呂から出てきたことに気がつくと、俊平は急ぐようにして電話を切る。
　もしかしたら彼女？
　たぶん、彼女だ。
　あたしがお風呂から出てきたから切ったんだ。
　彼女だと疑ってしまったあたしは、気軽に電話の相手を聞くことができなかった。
　それに彼女やほかの女だったとしても、あたしになにか言う権利はない。
　そんなことわかっているから、いまは彼女の存在から目を背けたい。
　目の前にいる俊平のことだけ見るようにしよう。
「寝るか？」
「うん」
　ベッドで寝るって言ってた俊平は、タバコの火を消してソファに横になってしまった。
「ベッドで寝るんじゃなかったの？」
「いいから、お前ベッドで寝ろ」
　そう言った俊平は、顔の上に腕を置いて寝る態勢に入っ

てしまった。
「おやすみ」
　あたしはベッドに行き、布団の中に入った。
　大きくてフカフカなベッドのせいか、俊平がいるからかわからないけど、いつもより寝つきがいいみたいで、すぐに睡魔に襲われた。

　目覚めると、ソファに寝ていたはずの俊平があたしの横にいた。
　あたしに腕を回してギュッと抱きしめている。
　いつの間にこんなことになっていたのかわからないあたしは、起きあがって俊平を起こそうとした。
「なんだよ？」
　不機嫌そうなかすれた声を出す俊平。
「なんでベッドで寝てるの？」
「あ？　お前が呼んだ」
　あたしが呼んだ？
　絶対嘘。そんな記憶は一切ない。
「あたし呼んでないよね？」
「呼んだ。なんか夢でも見てたのか？」
　上半身だけ起きあがり、俊平は近くに置いてあったタバコに火をつけた。
「夢なんか見てないよ」
「いや、マジで。お前寝たと思ったら突然泣きだしたんだよ。最初起きてんのかと思って見に行ったら寝てて、俺が

大丈夫かって聞いたら俺の名前呼んできた」
　泣いてた？
　あたし、また泣いてたんだ……。
　いままでもたまに、朝起きたら涙が流れていたりしていた。
　でも、夢を見ていたのかどうかさえ覚えていない。
　だからあたしはその涙の原因を知らない。
「泣いてるのにほっとけねぇだろ？　だから横で寝ただけだ」
　俊平はそう言って体をねじって、ヘッドボードにあった灰皿でタバコの火を消した。
「もっかい寝るぞ、来い」
　もう一度布団の中に全身を沈めた俊平は、左腕を広げてそう言った。
「あたし帰る」
「俺はまだ眠いんだよ。ほら、来い」
　そう言った俊平に腕を引っぱられ、ムリヤリ隣に寝転ばされた。
　逃げようにも、腕を回されて逃げられない。
「観念して寝ろよ」
　ちょっと抵抗したあたしに、俊平はさらに腕の力を強めてそう言った。
「だってもう眠くない」
「じゃ、寝転んどけ」
　あきらめたあたしは、抵抗をやめておとなしくなった。

「……雫」
「な、なに？」
　いつもあたしのことを"お前"としか呼ばないのに、いきなり名前で呼ばれたから驚いた。
「なんでもねぇ」
　名前で呼んでおいて、なんでもないの？
　なにか言われるのかってドキドキしたのに。
「なんでもないなら呼ばないでよ」
「なんだと？」
「だって……」
　ドキドキしたなんて言えなくて、そこで言葉を止めた。
　それなのに俊平は「だってなんだよ？」って問いつめてくる。
　あたしが「なんでもない」と言って俊平に背中を向けると、後ろからギュッと抱きしめられた。
　俊平はなにも話さなくなったから寝たのかもしれないけど、あたしはドキドキしっぱなしで眠れなかった。

　それから1時間くらいはたっただろうか。
　部屋中にスマホの着信音が鳴り響いた。
　あたしのスマホは、最近じゃ俊平以外からはかかってこない。
　その俊平がここに一緒にいるんだから、あたしのスマホが鳴ってるんじゃない。
　あたしは少しだけ体を動かし、首をひねって俊平の方を

見た。
　俊平は着信音には気づかず眠ったままだ。
「俊平、スマホ鳴ってるよ」
「あ？」
　そう言うと、俊平は眠たそうに瞼をゆっくりと開いていく。
　そして、起きあがりベッドから出て、テーブルに置いてあったスマホに、眠たそうな不機嫌な声で出た。
「……俺だ。……見つかったか。俺が行くまで逃がすんじゃねぇぞ」
　俊平はなにやら真剣な雰囲気で話していた。
　電話が終わると、ベッドでタバコを吸っているあたしのところに戻ってきた。
「女がタバコ吸うんじゃねぇよ」
「…………」
　俊平の言葉は無視してタバコを吸いつづける。
　いつも言われるけど、本気でやめさせようとは思っていないのか無理強いはしてこない。
「それ吸ったら出るぞ」
　ほら、やっぱり。
　取りあげたり、いますぐ消せって言ったりはしてこない。
「うん、わかった」
「お前、このあと用事あんのか？」
「ないけど」
「だったらお前も一緒に来い」
　そう言った俊平も、タバコに火をつけ吸いだした。

あたしは顔を洗って、いつでも出られるように身支度を済ませた。
　俊平もタバコを吸い終わると顔を洗いに行く。
　そして、戻ってきたと思ったらあたしの前に立ち、真剣な顔を向けてくる。
「いなくなるなよ」
「え？」
　唐突に発せられた言葉の意味が理解できない。
「なにかあったら絶対俺に言え」
「……うん」
「お前のこと守ってやるから、マジで」
　うれしかった。
　守ってくれる人がいるっていうのは、こんなにもうれしくて温かい気持ちになるんだ。
「じゃあ、行くぞ」
「どこ行くの？」
「落とし前つけさせにだよ」
　落とし前？
　あの男子たちのことかな？
　気になったけどあたしはなにも聞かず、俊平についてホテルを出た。

俊平、ありがとう

　時間なんてまったく気にとめていなかったけど、外へ出ると太陽が沈みだしていて、長い時間ホテルにいたんだと今さらながら気づいた。
　ホテル街を出て、繁華街まで戻ると若者たちであいかわらず賑わっていた。
　あたしは俊平に肩を抱かれて歩きながら、街の様子がいつもと少しだけ違うことに気づく。
　いつも繁華街を俊平と歩くと、俊平に頭を下げる人たちがけっこういる。
　でも、今日はなぜかいつもよりそれが少ない。
　いることはいるけど、あきらかに少なすぎる。
　そんな異変を気にしながら歩いていると、クラブの前まで来ていた。
　外に立っているはずのスーツの男の人たちがいないので、まだクラブは開いていないんだと思う。
　"close"の札がかかっているし。
　それなのに俊平はお構いなしにクラブの扉をあけ、中へ入っていこうとする。
「まだ開いてないんじゃないの？」
「ああ」
「いいの？　入って」
「大丈夫だ」

なにが大丈夫なのかわからないけど、俊平はここのクラブのただの客ではないのかもしれない。
　はじめて会ったときも、2階の個室に勝手に入って救急箱も持ってきたし。
　クラブの中に入ると、ガラの悪そうな人たちがいっぱいいた。
　男の人たちばかりでちょっと躊躇(ちゅうちょ)してるあたしを、俊平はギュッと引きよせた。
　その腕から"大丈夫だ"って伝わってきてる気がする。
　入ってきたあたしたちに気づいたみんなは一気に静まりかえり、俊平に向かって頭を下げた。
　オザワくんが言っていた"椿連合"っていう言葉を思い出した。
　ここにいる男の人たちは、いかにも暴走族って感じで、きっと椿連合の人間なんだと思う。
　花道のようにあけられた間を俊平とふたりで歩いていく。
　昨夜座っていた奥の席まで行くと、カズキさんたちがいた。
「こんな数動かして、アイツらなにしたんだよ？　どう見ても普通の高校生なんだけど」
　カズキさんは俊平に向かってそう話しているけど、あたしにはなんの話なのかわからない。
「アイツらか？」
「ああ、そうだけど」
　あたしは"アイツら"と言われた人たちの方へと視線を向けた。

えっ？　あの人たちって……。
「雫、お前を襲おうとしたヤツらで間違いねぇか？」
　そう、『アイツら』と言われていたのは、あたしを襲おうとしたクラスの男子たちだ。
　3人とも床にひざまづいている。
「雫、どうなんだ？」
「ま、間違いない」
　答えたあたしの声は震えていた。
　あれ以来、学校へ行かずに夏休みに入ったから、会うのは数週間ぶり。
　あのとき全身に感じた嫌悪感がよみがえってくる。
　あたしはギュッと俊平のTシャツを握った。
　それに気づいた俊平が、あたしの肩に回していない方の手であたしの拳を包みこむ。
「ちょっと待ってろ。すぐ戻ってくるから」
　優しくそう言った俊平はあたしから離れ、男子たちの前に立つと彼らのことを思いっきり蹴りあげた。
　あたしはまっすぐ見ることができなくて目をそらす。
「雫、目ぇそらすな。ちゃんと見てろ」
　俊平の声が聞こえても、あたしは怖くて目をそらしたまま。
　すると、カズキさんがあたしの横にやって来た。
「雫ちゃん、ちゃんと見てみ」
　そう言ってカズキさんがあたしの肩に手を置いただけなのに、大袈裟にビクついてしまった。

それを見ていた俊平が「雫に触るんじゃねぇ」って怒鳴るから、カズキさんの手はすぐに離された。
「雫、ちゃんと見てろ」
　もう一度俊平が言うから、あたしはゆっくりと俊平の方を見た。
　俊平は一瞬だけあたしに優しい表情を向け、ふたたび３人を蹴とばしはじめた。
　男子たちは泣き叫び、何度も謝っている。
　それでも俊平はやめる気配はなくて延々と蹴りつづけている。
　あたしはゆっくりと俊平のもとまで歩いていき、俊平の腕をつかんだ。
「危ないから離れてろ」
「もういいよ。もうわかったから」
　これ以上やると、大変なことになるよ。
「わかったってなにがだよ？」
「俊平が守ってくれるって」
　だからあたしは俊平がいる限り、いなくなったりしない。
　嫌なことが起こっても、消えてなくなりたいなんて思わない。
　だって、俊平がいるから……。
「お前ら、命惜しけりゃこの街から消えろ。もう二度と俺と雫の前に現れるんじゃねぇ」
　俊平が３人に向かってそう言うと、３人とも何度も首を降ってうなずいた。

あたしは、それをただ黙って見ていた。
　この街から消えろってことは、学校もやめなきゃいけないし、かわいそうだとは思う。
　それでもあたしは口をはさまなかった。
　未遂で終わっているのに、ここまで仕返しをするなんてひどいのかもしれない。
　でも、あたしはあのとき本気で襲われると思ったし、すごく怖かった。
　襲われるくらいならもっと早くに死んでおけばよかったとさえ思った。
　それに、もう二度とあたしの前に現れてほしくないっていうのが本音だ。
　あたしは傷だらけになった３人をまっすぐ見つめていた。
　この３人の姿をしっかり目に焼きつけておこう。
　自分が被害者でもあり、加害者だってことを忘れないために。
「カズキ、あとは頼んだぞ」
「え？　ちょっと待てよ」
　あたしの肩に腕を回して歩いていこうとする俊平を、カズキさんが引き止める。
「なんだよ？」
「なんだよじゃねぇよ。まずコイツらどうすんだよ」
「外へ放りだしとけ」
「それはいいとして、連合動かしたんだ。上になんて説明すんだよ」

「ほっとけよ。いちいち説明なんかしてられっか」
　カズキさんは大きなため息をついてあきれた表情をしたけど、それ以上なにも言わなかった。

　クラブを出ると、すっかり太陽が沈みきってしまっていた。
「カズキさんため息ついてたけど、いいの？」
「あ？　いいんだよ。アイツは昔っから堅苦しいつーか、気にしすぎなんだよ」
「昔からって、いつから友達なの？」
「中学んときくれぇだ」
　素直にいいなと思った。
　友達がいる俊平がうらやましいと思った。
「長いんだね」
「だな。もう６、７年の付き合いだな」
　いままで一緒にいても俊平のことを聞いたことはなかった。
　興味がなかったというか、聞こうとか知ろうとか思ったことがなかった。
　知らないことが不思議だと思っていなかった。
「俊平っていまいくつ？」
「お前、俺の年知らねぇのかよ？」
「知らないよ。だって聞いたことないし」
「今年で20歳だ」
　20歳？　っていうか、『今年で20歳』ってことは、いまはまだ19ってことだよね。

老けて見えるとかじゃないけど、もっと年上かと思っていた。
「意外に若かったんだね」
「意外ってなんだよ」
「だって意外なんだもん」
　笑うあたしに、俊平はちょっと乱暴にあたしの頭を撫で髪をくしゃくしゃにした。
「……大丈夫か？」
「え？」
　いきなり俊平に聞かれた。
「そんな元気よさそうにして無理してんだろ？　さっきの見てて怖かったか？」
「……うん」
「ちょっと罪悪感も感じたか？」
「うん」
　なんで俊平はわかってしまうんだろ。
　あたしの落ち着かないモヤモヤした気持ちまで。
「お前のせいじゃない。悪いのはアイツらで、やりすぎたのは俺だ。だからお前はなにも悪くない」
「でも、あたしが……」
　あたしがなに？
　あたしがいなかったら、こんなことにはならなかった？
「お前はなにも悪いことはしてねぇ。俺もなにも悪いことはしてねぇ。お前を守ることは悪いことじゃねぇだろ？」
「うん」

「だから気にするな」
　俊平はぐちゃぐちゃになったあたしの髪を優しく整えてくれた。
　俊平の言葉や手はまるで魔法みたいに、あたしを安心させてくれる。
　さっきまで感じていた罪悪感が消えていく。
「俊平、ありがとう」
「ああ」
「本当にありがとう」
　あたしと出会ってくれて……。
　あたしのそばにいてくれて、ありがとう……。

　昨日、居酒屋へ行ってからなにも食べていなかったあたしたちは、ファミレスにやってきた。
　注文を終えてタバコを吸いだした俊平に、気になっていたことを聞いてみた。
「ねぇ、どうやって見つけたの？」
「なにがだ？」
「アイツら」
　あの3人組をどうやって見つけたのか気になった。
　だってあたしは、名前すらまともに覚えていなかったのに。
「お前から聞いた名前だけで探させた」
「それだけで見つけたの？」
「ああ」
「カズキさんたちが探してくれたの？」

だって俊平はずっとあたしといたし。
　っていうか、いつの間に探させたんだろう。
「カズキは号令かけただけだ」
「号令？」
「ああ、高校生を探すには高校生に探させた方が早ぇだろ。だから連合に号令かけさせた」
「連合って椿連合？」
　そう聞くと、一瞬だけ俊平の動きが止まった。
　だけどすぐに動きだしタバコの火を消した。
「お前、椿連合知ってんのか？」
「知らないよ。でも俊平、元リーダーなんでしょ？」
　俊平はまっすぐあたしを見つめてきた。
「いいタイミングだな。そろそろお前には話しておこうと思ってたところだ」
「なにを？」
「俺が椿連合のOBだってこと」
「OB？」
「ああ。13くらいんときに連合に入って、16でリーダーっつうか総長になった。でも椿連合は18で引退しなきゃならねぇしきたりがあって、俺はもう19だろ？　だから引退して、いまはOBだ」
　はじめて知った俊平の人生にちょっと驚いた。
　だって13歳で暴走族だなんて、あたしには想像もできない。
「いまはOB会に顔を出すくらいで、連合とはあんま関係ねぇ。まあ、今日は連合動かしちまったけどな」

「動かして大丈夫なの？　カズキさんにも迷惑かかったんじゃないの？」
　クラブを出るときにカズキさんが言っていた意味がいまわかった。
「大丈夫だ。カズキは気にしすぎなんだよ。アイツぜってぇ将来ハゲるな」
　俊平はそう言って声を出して笑っていた。
　注文したハンバーグとグラタンがやってきて、あたしたちは今日初めての食事をとった。

　食べ終わりファミレスを出ると、俊平はタクシー乗り場まであたしを送ってくれる。
　なんだか帰るのが寂しいと思った。
　昨日からずっと一緒にいたせいかもしれないけど。
　俊平に帰りたくないと言えば、今日も一緒に寝てくれるかもしれない。
　でも、あたしは言えなかった……。
　わがままを言って嫌われたくない。
　俊平にタクシーに乗せてもらいひとりの家へ帰ってくる。
　まっ暗な家に帰ってくるのがこんなに寂しいって感じるなんて、久しぶりだった……。

ふたり似てんじゃね？

　翌日、俊平から電話がかかってきて、ガールズバーリンダの看板の前までやってきた。
　すでにタバコを吸って待ってくれていた俊平を見ると、胸がギュッと締めつけられる。
「待った？」
「ああ、すぐ行くっつうから急いで来たのに、待たせてんじゃねぇよ」
「ごめん」
　すぐに家を出るつもりだった。
　でも家を出る瞬間、自分の着ている服が変に思えてしまって。
　部屋に戻り、あれやこれやと服を選び直していると時間がたってしまっていた。
「それより、アイツら待ってるから行くぞ」
　そう言って、俊平はあたしの肩に腕を回して歩きだす。
「アイツらって？」
「連合のヤツら待たせてる」
　連合の人たちを待たせてる？
　なんで？
　今日はまたなにをするつもりなんだろう。
　聞こうと思ったら、いつもの焼肉屋さんへと連れてこられた。

俊平がドアを開けると、ガラの悪そうな人たちがいっぱいいた。
　俊平が来たことに気づくと、またみんな頭を下げて挨拶をしてくる。
　あたしと俊平は挨拶も返さず焼肉屋の奥に行くと、カズキさんと見たことのない男の人がいた。
「おせぇよ。腹へって死にそうだ」
　カズキさんはビール片手に俊平に向かってそう言う。
「先に食ってりゃいいだろ」
　あたしと俊平はカズキさんの前の席に座った。
「俺はそう言ったんだけど、タクミが待ってた方がいいって言うからよ」
　そう言って、カズキさんは自分の横に座る男の人を軽く睨んだ。
「あ、はじめまして。タクミっていいます。よろしくっす」
　カズキさんの横に座る男の人は、あたしに向かって自己紹介をしてきた。
「一応、コイツいまの総長なんだよ」
　そう教えてくれたのは、メニューを見ているカズキさんだった。
「あ、昨日はありがとうございました。カズキさんもありがとうございました」
　あたしはふたりに向かって昨日のお礼を言った。
　ふたりとも優しく言葉を返してくれる。
　カズキさんが注文してくれた大量のお肉を、あたしたち

は食べはじめた。
　あたしのいるテーブルには、俊平とカズキさんとタクミさんだけだけど、店内のほかの席は椿連合の人たちばっかりだった。
　そしてお腹いっぱいになった頃、俊平は電話で席を離れていった。
「シュンがいないと寂しい？」
「え？」
　タクミさんと話していたカズキさんが、いきなりあたしに話しかけてきた。
「顔に書いてある。シュンが隣にいないと不安だって」
　カズキさんが言うとおり、俊平が隣にいないとすごく不安。
　ずっと一緒にいたい。
　でもそんなの重いって自分でもわかってる。
「こんなんじゃ嫌われますよね」
「シュンはなに考えてんのかマジわかんねぇヤツだから、俺はなにも言えねぇけど、アイツラブホから電話してきたろ？」
「え？」
　ラブホからって、一昨日の夜のこと？
「雫ちゃんと一緒にラブホにいたのは知ってたんだよ」
「な、なんで？」
　俊平が話したのかな？
　べつになにもしていないけど、なんかはずかしい。
「なんでって、シュンが有名人だから。この繁華街付近で

「シュンが誰とどこでなにしてるかなんてすぐ耳に入る」
「なんかすごいね」
「ああ、アイツはすげぇよ。椿連合の元総長ってだけじゃなくて、アイツ自身がすげぇ男なんだよ」
　友達にそんな風に言われる俊平は本当にすごいんだと思う。
　友達がいて、こんなふうに友達から言われる俊平がうらやましい。
　あたしが持っていないものをいっぱい持っている俊平が、うらやましい。
「それでアイツ電話してきて、男の名前言って24時間以内に探しだせって。無茶言うよな」
「ごめんなさい」
「いや、雫ちゃんは悪くないよ。それにシュンの横暴さには慣れっこだし」
　そう言って笑うカズキさんは本当に気にしてなさそうだ。
「それで俺アイツに言ったんだよ。ラブホでイチャこいてねぇで、てめぇも探せって。そしたらアイツ無視でもして電話切るかと思ったのに『雫をひとりにできねぇ』って。『そばにいねぇと消えてしまいそうで不安なんだ』って言ってた」
　俊平がそんなこと言ってたの？
　不安だなんて、まるであたしみたいだよ。
　強くて強引で、なにもかも包みこんでくれる俊平じゃないみたい。

「だから、ふたり似てんじゃね？」
　カズキさんがそう言い終わると、俊平が戻ってきた。
「似てるってなんの話だよ？」
　ちょっとだけ会話が聞こえていたらしい俊平は、カズキさんではなくあたしに聞いてきた。
「べつに」
　あたしがそう言うと、ちょっと機嫌が悪くなりそうな俊平を見ないように、カズキさんたちはお肉を食べている。
「べつになんだよ？」
「あたしと俊平が似てるんじゃないかなって、話してただけだよ」
「そうか」
　納得したのか俊平は少し微笑み、ビールグラスに口をつけた。

　しばらくしてみんな食べ終わり、お店を出る。
　みんなの分のお金を支払ったのは俊平で、連合の人たちがつぎつぎに俊平にお礼を言い頭を下げる。
　そんな中、俊平は堂々とあたしの肩を抱き繁華街を歩く。
　後ろからは連合の人たちに「またな」と言ってカズキさんがついてくる。
　そのとき、
「シュン！」
　後ろから聞こえてきた、俊平を呼ぶ声はカズキさんじゃない。

ちょっと高いこの声は女の声だ。
　あたしと俊平が振り向くと、すでに振り返っていたカズキさんと女の人が話していた。
「やっぱりシュンじゃない！　ちょっと、カズキどいてよ」
　そう言って、制止しようとするカズキさんを押しのけると、女の人はあたしたちの前までやってきた。
　金髪に近い髪の色で、メイクもばっちりでいかにもギャルって感じの女の人だった。
　その女の人はあたしたちの前に立つと、あたしを舐めるように睨みつける。
　この女の人は俊平となにかあるんだ……。
　もしかして彼女？
　それなら早くあたしに回している腕を離さないと。
　そう思っていても回されたままの腕がうれしい。
「誰？　この女」
「お前に関係ねぇ」
「あたしには関係なくても、お姉ちゃんには関係あるんじゃない？」
　ギャルの女の人がそう言ったとき、俊平の腕の力が少しゆるめられた。
「マミちゃん、俺たちこれから用事あってね。また今度遊ぼうな」
　なにも言わない俊平の代わりに、カズキさんがそう言った。
「えー、用事ってなに？　マミも一緒に行く」
　用事があるって言うのはカズキさんの嘘だ。

たぶん、この人もそれに気づいている。
「ねぇ、シュン。いいでしょ？」
　とくに用事なんてないあたしたちはゲーセンへ行くか、飲みに行くかだろうけど。
　あたしは心の中で断ってほしいと願った。
　一緒に行きたくない。
　お願い……俊平、断って？
「……ああ」
　俊平の返事を聞いた瞬間、自分でもわかるくらい顔に素直な気持ちが出てしまった。
　断ってほしかったのに。
　どうして断ってくれなかったの？
　違うか……邪魔者はあたしだ。
　断ってほしいなんて言える立場じゃないんだ。
　そう思うと、俊平は隣にいるのに遠くに感じた。
「先にカズキとクラブ行ってろ。あとで行くから」
　俊平がマミさんにそう言うと、カズキさんがなかば強制的にマミさんを連れていってくれた。
　俊平の顔を見ると、困ったような顔をしている。
「タクシー乗り場まで送っていく」
　やっぱり邪魔者はあたしなんだ。
　タクシー乗り場までの道、あたしも俊平もひと言も話さなかった。
　俊平は「気をつけて帰れよ」とだけ言って、あたしをタクシーに乗せる。

あたしは俊平の顔を見ずに返事を返すと、すぐに運転手さんに行き先を告げてタクシーを出してもらった。
　わかってる。
　俊平にとってあたしは彼女じゃないんだから、優先されなくてもおかしくないんだって。
　でもやっぱり優先してほしかったし、いつもみたいにひと言でも優しい言葉を聞きたかった。
　気がつけば、あたしの頬にいつの間にか涙が流れていた。
　どうして泣いているんだろう？
　どうしてこんなに寂しいんだろう？
　泣きたくなんかないのに。
　寂しくて寂しくてどうにかなりそうだ。
　辛くて悲しくて、このままじゃ心が壊れてしまいそう。
　だからもうなにも期待しない。
　あたしはふたたび心を閉ざした……。

　カズキさんはあたしと俊平が似ていると言ったけれど、決定的に違うところがある。
　それは、俊平にはカズキさんたちという友達がいっぱいいるけど、あたしには俊平しかいない。
　それがどうしようもなく寂しいなんて、自分がわがままなんだってわかってる。
　翌日、俊平からはいつもどおり電話がかかってきたけど、あたしは電話に出なかった。
　鳴っては切れて、そしてまた鳴る。

それが何回か繰り返された頃、あたしはスマホの電源を落とした。
　電源を落としてから数日間、あたしは家から一歩も出ずひとりでいた。
　会いたいのに、会うのが怖かった。
　これ以上一緒にいると、俊平を自分だけのものにしたくなる。
　ゆがんだあたしには、人と付き合うときの距離感がわからないんだ……。

俊平に会いたい

　久しぶりに外へ出ると、真夏の暑さにやられそうになった。
　行くあてもないけれど、ずっと閉じこもっていたからショッピングでもしようかと家を出る。
　１時間くらいショッピングモールの中をブラブラしたけど、欲しいものなんてなかった。
　なにひとつ買わずにショッピングモールを出て、外の喫煙所でタバコに火をつける。
「待ち合わせ？」
　いきなり知らない男に話しかけてこられた。
　あたしはチラッと見ただけで、無視してタバコを吸い続ける。
「暇だったら、俺らと遊びに行かない？」
　そう言われて男の方をもう一度見ると、声をかけてきた男のほかにもふたりの男がいた。
　あたしは吸っていたタバコをスタンド灰皿に捨て、歩きだした。
　すると男たちもついてくる。
「ねぇ、お姉さん！　無視？」
　無視と言うか、聞こえてはいたけど頭には入ってこなかった。
　こんなときでも頭の中には俊平がいた。
　偶然会うんじゃないかとか、ちょっとだけ思ったりして。

でも期待はしちゃいけないって自分に言いきかせた。
「怖い顔してるけど、なにかあった？　もしかして彼氏と喧嘩？」
「彼氏のことなんか忘れて俺らと楽しもうよ」
「そうそう。嫌なこと全部忘れられる遊び知ってるから」
　忘れる？
　俊平のことも、寂しいって感情さえも忘れられる？
　そう思ったあたしは「いいよ」と言って、男たちについていった。
　危ないかもしれない。
　前みたいに襲われるかもしれない。
　そんな考えも頭をよぎったけれど、もうどうでもいい。

　でも、男たちに連れてこられたところは、とてもじゃないけど楽しめるような場所じゃなかった。
　小さなプレハブ小屋に連れていかれ、3人がけの黒いソファに座らされる。
「タバコ吸う？」
　ひとりの男がそう言って、タバコを1本差しだす。
「いい。自分のあるから」
「これ吸ってみなよ。絶対こっちが美味しいから」
　そう言って渡されたタバコはあきらかに葉っぱが詰め替えられている。
　3人の男たちがそのタバコを吸いだすと、異変に気づいた。なんだか匂いがタバコの匂いじゃない気がする。

脱法ハーブ？

　そんなの聞いたことしかないけど、普通のタバコじゃないのはわかった。
「ほら、早く吸いなよ」
　そう言われて、よくわからないタバコを受けとろうとしたときだった。
　——ガンッ。
　入り口の扉がすごい音を立てて勢いよく開く。
　その音にビックリしていると、数人の男たちがぞろぞろと入ってきた。
　そして、一番最後に入ってきた男の人を見て、あたしはまた驚いた。
　男の人もあたしの存在に気づいて驚いてるみたいだ。
「3人とも連れてけ」
　男の人はそう言って、あたしへと近づいてくる。
　周りでは、部屋に入ってきた数人の男たちが3人の男たちを捕まえてる。
「なんでこんなとこいるんすか？」
　あたしの近くまできた男は、あたしにそう聞いてきた。
「あの人たちについてきた」
「知り合いっすか？」
「違う。さっき声かけられた」
　椿連合の総長があたしなんかに敬語で話すのは、俊平の知り合いだからだろうか。
「なについていってんっすか！　俺らが来なかったらどう

なってたか」
　タクミさんはちょっと怒ったような声を出して、あたしにそう言った。
「べつにどうなってもいいし」
「は?　アイツら椿連合の連中でクスリに手出して、女連れこんでは暴行したりしてるようなヤツだぞ?　アンタもひどい目にあうとこだったんだぞ」
　どうなってもいいからついてきたんだ。
　初めからなにも警戒しなかったわけじゃない。
　ヤられるかなとは思っていたけど、クスリをやらされるとは思ってなかった。
「なにがあったか知らねぇけど、自暴自棄になってんじゃねぇよ」
　いつの間にか敬語じゃなくなったタクミさんは、あたしに優しい視線を向けていて、その表情に、また俊平のことを思い出した。
　そしてタクミさんは「シュンさんが心配すんだろ」って優しく言う。
　あたしはタクミさんと一緒にプレハブを出た。
「シュンさんに連絡するか?」
「いい」
「どうした?　シュンさんと喧嘩でもした?」
「してない。でも俊平には会いたくない」
　あたしがそう言うと、タクミさんは大きなため息をついた。
　迷惑だと思われてるんだろうな。

「あたし帰る。助けてくれてありがとうございました」
　そう言って歩きだしたあたしの腕をつかむタクミさん。
「シュンさんに見られたら俺殺されるかもしれねぇけど、バイク乗れ」
「え？」
「送ってく」
「いいよ、ひとりで帰れるから」
「黙って言うこと聞けよ。俺が心配だから送るって言ってんだ」
　そう言って、腕を引っぱられバイクのところまで連れてこられる。
「メット１個しかねぇから、アンタかぶって」
　渡されたヘルメットをかぶると、タクミさんがベルトの部分を調節してくれた。
「ありがとう」
「おう、事故ったらシュンさんにマジで殺されるな」
「なんで俊平に殺されるの？」
　さっきから『俊平に殺される』ばっかり言って、余程俊平が怖いんだろうか。
「そりゃ、殺されるだろ。シュンさんの大事な彼女をケツに乗せて事故ったら」
「彼女じゃないし」
「は？」
「だから、あたし彼女じゃないよって」
　タクミさんはあたしの顔を見て、真剣に驚いていた。

あたしからしたら、彼女だって勘違いされてた方が驚きだ。
「マジかよ」
「うん、マジ」
「でもシュンさん、アンタに優しくて大事にしてただろ」
　優しくしてくれてたし、大事にもしてくれていた。
「だけど彼女じゃない」
「でも俺、シュンさんがあんなに女に優しいのはじめて見た。アンタの肩をつねに抱いて、まるで誰にもとられないようにして……」
　タクミさんが、さっきから俊平のことばかり話すから俊平の優しさや、言ってくれた言葉たちを思い出してしまう。
　俊平から離れようとしても、忘れたいと思っても無理だって今さら気づいた。
　だって、こうやって俊平のことを思い出すだけで胸が苦しい。
「……会いたい」
「え？」
「俊平に会いたい」
　気がついたら、自然と心の奥の本音が出てきた。
　なんで俊平から離れようとしたんだろ？
　俊平に依存するのが嫌だったけど、俊平はもう、あたしの拠りどころになっている。
　あたしにはもう俊平がいなきゃ、ダメだ。
　彼女がいたってかまわない。
　俊平と一緒に少しでもいたい。

「わかった。連れていってやるから、乗れよ」
　あたしはバイクにまたがり、タクミさんの腰に腕を回す。
　タクミさんはエンジンをかけバイクを発進させた。

　バイクはすぐに繁華街の入り口までやってきて、シャッターの閉まってるお店の前で停められた。
　あたしはバイクから降り、ヘルメットを脱ぐとタクミさんに返す。
　するとタクミさんはバイクを繁華街の入り口に停めたまま、歩きだした。
「どこ向かってるの？」
　あたしは歩きだしたタクミさんについていき、後ろから聞いた。
「シュンさんのうち」
「俊平、このあたりに住んでるの？」
「知らないのか？　あの人繁華街のどまん中に住んでんだよ」
　繁華街のどまん中？
　近くに住んでいるんだろうとは思っていたけど、まさかどまん中に住んでるとは思わなかった。
　というか、こんなところにマンションなんてあったっけ？
「ここ」
「え？」
　そう言われて目の前の建物を見ると、マンションでもア

パートでもなかった。
「ここって、クラブじゃ……」
　目の前にあるのは俊平に何度か連れてこられたクラブだった。
「そう。シュンさんここの上に住んでんだよ」
　タクミさんはそう言って、クラブの入り口の横にあるエレベーターのボタンを押した。
　クラブはまだ開店前で、この時間に誰かがエレベーターを使っているわけもなく、すぐに扉が開いた。
「シュンさん、ここの４階に住んでるから」
「え？」
「こっからはひとりで行けるだろ？」
　行けるけど、ちょっと不安だ。
　でも、これ以上甘えるわけにもいかない。
「うん。ありがとう」
「ああ。じゃあな」
「うん。本当にありがとうございました」
「ああ。ちゃんとシュンさんと話しあえよ？」
「なにを話しあえばいいかわかんない」
　タクミさんとはこんなにも普通に話せるのに。
　相手が俊平だといろんな感情が込みあげてきて、言葉が出なくなる。
　嫌われたくないという想いがあたしの言葉をのみこんでしまう。
「なんでもいいから素直になればいい。シュンさんなら、

アンタのこと受け止めてくれんだろ」
「うん」
「それと、あんまシュンさんに心配かけんなよ」
「うん。わかった」
「じゃ、俺行くわ。ドア閉めろ」
　あたしはもう一度お礼を言うと、エレベーターのボタンを押して4階へ行った。
　4階についてもマンションらしい要素はまったくない。
　エレベーターを降りてすぐに黒い扉が見えるだけ。
　その扉も、家の扉とは思えない。
　バーのような扉に思えた。
　でも、扉らしきものはこれだけっぽいし、たぶんここが玄関なんだと思う。
　インターホンなんてものはなく、あたしは1度深呼吸をしてからノックしてみた。
　だけど、反応がない。少しして、もう一度ノックしてみる。
　もしかしたら、まだ夕方にもなっていないこの時間は寝ているのかもしれない。
　でも、ここまで来て会わずに帰るなんてできなかった。
　あたしは鞄からスマホを取り出し、数日ぶりに電源を入れた。
　電源を入れたスマホには留守電が数件入っていて、あたしはスマホを耳にあて、留守電を聞く。
『俺だ！　聞いたらすぐに電話しろ』
『電話しろ』

『なにかあったのか？』
　そのあとも俊平の心配したような内容のメッセージが入っていたり、ちょっとイライラした言葉だったり。
　でも昨日の夜にあった、最後の留守電はちょっと違った。
『雫……』
　あたしの名前を切なそうに呼んだだけだった。
　それを聞いただけで胸がギュッて締めつけられる。
　声を聞いただけで、こんなにも切なくて愛しくて、涙が流れてきた。
　あたしはスマホを一度耳から離し、俊平に電話をかける。
『雫！？』
　俊平は何回目かのコールで電話に出た。
　いつもは電話の第一声は『俺だ』なのに今日は違った。
　かすれた声であたしの名前を呼んだ。
「……俊平」
『雫、おまっ……泣いてんのか？』
　名前を口にしただけなのに、どうして泣いているってわかったの？
『どこにいる？　すぐ行くから待ってろ』
「家の前」
『あ？　どこだって？』
　電話の向こうで物音がしているから、俊平は家を出る支度をしているのかもしれない。
　でも、あたしはここにいる。
「俊平の家の前にいる」

『あ？　俺の家の前……？』

　俊平がそう言って数秒で扉が開く。

　そして、俊平の顔を見るより先に力強く抱きしめられた。

　しばらくすると俊平は体を離し、あたしの顔をのぞきこむ。

「なにがあった？」

「…………」

「なんで泣いてんだ？」

「……会いた、かった」

　タクミさんが教えてくれたから、素直にいま思ったことを口にできた。

　俊平はあたしの頭を優しく撫でる。

「俊平に会いたかった」

「俺も、お前と会ってねぇとおかしくなっちまいそうだ」

　俊平の背中に腕を回して、自分から俊平に抱きついた。

　俊平はあたしに応えるようにぎゅっと力を入れて抱きしめ返してくれる。

　俊平、あたしは俊平に会っていてもいなくてもおかしくなりそうだよ。

　いつも俊平のことばっかり考えている。

　きっとあたしは寂しがりやでわがままだと思うけど、それでも受けとめてくれる？

　もう俊平から離れたくない。

「もう俺から離れんな」

「うん。離れない」

「ああ、約束だ」

「うん、約束する」
　あたしはもうなにがあっても俊平から離れないって、このとき思ったんだ。

お前が好きだから

　はじめて俊平の部屋に入った。
　そこは、飲食店を改装したようなところで。
　外国みたいに靴のまま入っていくその部屋には、ベッドとソファとテーブル。
　そして、飲み屋の痕跡(こんせき)が残るキッチンがあった。
「シャワー浴びてくるから待ってろ。いいな？　ぜってぇどこにも行くな」
「うん」
「一歩も動くなよ」
「うん、わかったよ」
　そう言って、俊平はキッチンの方へと行った。
　そんなところにお風呂があるのか、ちょっと気になり俊平についていった。
「なんだよ？　どうした？」
「お風呂がキッチンにあるの？」
「キッチンの奥を改装してシャワールームを作ったんだよ。一緒にシャワー浴びるか？」
「いい。あっちで待ってる」
　あたしはそう言って、ソファに座り俊平を待った。
　待ってると、俊平はすぐにシャワーから出てきた。
　こんなに早く出てくるなんて、余程あたしがいなくなりそうで心配なのかな。

そう思うとちょっとおもしろかった。
「ニコニコしてどうした？」
「べつに」
「べつになんだよ、ちゃんと言えよ」
　俊平はそう言って、上半身裸で濡れた髪のままあたしの横に座った。
「あたしが帰るか心配だった？」
「ああ、心配だった。俺、お前に心配かけられすぎてそのうち死ぬ気がする」
「うん」
「うんってなんだよ。お前は俺を死なせたいのかよ」
　心配されるのがすごく心地いい。
　俊平には悪いけど、なんだか安心する。
　だって、どうでもいい相手を心配なんてしないでしょ？
「死んだらだめだよ」
「だったらちゃんと話せよ。なんでいきなり電話に出なくなった？」
　俊平は真剣な眼差しをあたしに向けてくる。
　ちゃんと答えなきゃとは思うのに、あたしは言葉が見つからなかった。
「……マミか？　俺があのときマミを優先して、お前を帰したから怒ったのか？」
　俊平はわかっているんだ。
　それでも、あたしの口からちゃんと聞きたいんだと思う。
　あたしもタクミさんになにを言われて慰められても、俊

平の言葉で大事に思われているんだって感じたい。
「マミは昔付き合ってた女の妹で、わがままでヒステリックなとこがあるから優しくしてたけど、お前が嫌ならもう優しくしない。雫を優先する」
「うん。……昔付き合ってた人って、どんな人だった？」
　俊平に元カノの話を聞いて、胸がチクリと痛む。
「アイツは、いまの俺みたいだった」
「"アイツ"って呼ばないで！」
　自分がわがままだってわかっているけど、アイツとか、お前とか、コイツとか、そんな身内を呼ぶような言い方をほかの女の人にしてほしくない。
「名前で呼ぶのはいいか？」
「なんて名前？」
「ナオ」
「うん。名前ならいいよ」
　俊平はあたしの頭を撫でながら「すげぇわがまま」って言って話しだした。
「ナオと付き合ってた頃は、まだ椿連合にいたんだよ。俺は喧嘩することばっかり考えてた」
　俊平は久しぶりにあたしの肩に腕を回し、自分の肩にあたしの頭を乗せる。
「ナオはそんな俺の心配ばっかしてた。いつか喧嘩で死んでしまうんじゃないかとか、自分から俺が離れていくんじゃないかって。いまの俺みたいだろ？」
　俊平があたしの頭を自分の肩に乗せさせたのは、顔を見

られたくないからじゃないかと思った。
　だって話をしている俊平の声は、いままで聞いたことのないくらいかすれていて、悲しそうな声に聞こえたから。
「でも、いなくなったのはナオの方だった。いきなり俺の前から姿を消した」
「なんで？」
　俊平があたしがいなくなることを不安に感じるのは、このせいなんだと思った。
「理由はいまもわからねぇ。ナオがいなくなって数ヶ月後、ナオは死んだからな」
　死んだ……？
「なんで？」
「……事故だった」
　それから、あたしも俊平もしばらく言葉が出なかった。
　でも俊平はふたたび話を始めた。
「お前と出会ったときは、いまにも死にそうなヤツだなって思った。最初はナオと重ねて見てた。でも、本気でお前を守りたいって思ったんだ」
　俊平が『守ってやるから』って言ってくれたときのことを思い出す。
　あの言葉が口先だけのものじゃないってことは、ちゃんとわかっていた。
「俺、いつの間にかお前のこと……」
「あたしのことなに？」
　俊平はそこで言葉を止めて、あたしに視線を向けてきた。

あたしは俊平の肩から頭を上げて、俊平を見つめた。
「お前のこと……大切だなって思うようになった」
「うん」
　好きだと言ってくれるのかと思った。
　だけど、俊平はあたしのことなんて好きになってくれるわけないよね。
「でもナオのことなにもわかってやれなかった俺が、お前を大切にできんのかって思ってた。だけどお前と連絡取れなくなって、そんなことどうでもよくなった」
　俊平はあたしの手をギュッと握る。
　もしかしたら、俊平は緊張しているのかもしれない。
　そんな風に思った。
「もう迷わねぇ。お前といる」
「うん」
「だからお前も俺のそばにずっといろ」
「うん」
「俺、お前いねぇと生きてけねぇわ」
　うれしい。
　あたしも、俊平がいないともう生きていけないと思っていた。
　もうひとりになりたくない……。
　うれしくて涙が流れてきた。
　俊平はそれを優しく指で拭ってくれる。
「で？　お前は？」
「うん？」

「なんで俺の電話に出なくなった？　ちゃんとお前の口から聞かせろ」
　鼻をすすってあたしは話しだした。
「マミさんを優先されて悲しかった」
「悪かった」
「うん。それに俊平にはカズキさんとか友達がいっぱいいる。それがどうしようもなく寂しい。あたしには俊平しかいないのに、俊平にはほかにいっぱいいる」
　こんなことを言うあたしを、俊平はどう思うだろうか？
　俊平がどんな表情で聞いているのか気になるのに、あたしの視線はあたしの手を握る俊平の手を見つめていた。
「それが嫌だった。あたしわがままだよね」
「だな。それに寂しがりやだしな」
「うん。それで俊平と会わなかったらそんな嫌な自分が消えると思った。でも……」
「俺に会いたくなったか？」
「うん。だから、タクミさんにここに連れてきてもらった」
「タクミぃ？」
　なぜかさっきまでの優しい声じゃなくなった俊平。
　あたしの手を握る力もちょっと強まって、あたしは思わず俊平の顔を見た。
「なんで雫がタクミと仲いいんだよ」
　眉間にシワを寄せて俊平はあたしを睨んでくる。
　なんでここでいきなり機嫌が悪くなるのかわからない。
「べつに仲よくないよ。偶然助けてもらって、いろいろ話

を聞いてもらったくらいで」
「偶然助けてもらったって、どういうことだよ？」
　あたしは俊平に今日の出来事を全部話した。
　ナンパについていって、クスリをやらされそうになったことも全部話した。
　すると俊平は怒りだした。
「お前、なにやってんだよ？　ナンパなんかについてくなんて！　そんなに犯されてぇのか！」
「もう、ついていかないよ」
「あたりめぇだ！　もう二度とついてくんじゃねぇ。それと！」
「それと、なに？」
「バイクには乗るな！」
　ナンパについていくなって言うのはわかるけど、なんでバイクもダメなの？
　はじめてバイクに乗ったけど、けっこう気持ちよかったからまた乗りたいと思っていたのに。
「なんで、バイク乗っちゃダメなの？」
「あ？　お前なんでって、そんなの決まってんだろ」
「うん？」
　決まってるって言われても、まったく理由がわからない。
「お前、そこまで言わせてぇのかよ」
「言ってくれないとわかんない」
「ヤキモチだよ！　他の男の背中にくっついてんじゃねぇよ」

「うん、わかった」
　ヤキモチ？　俊平があたしに？
　そんなのってまるで俊平が……。
「本当にわかってんのか？」
「うん、わかってるよ」
　俊平は笑ってあたしのほっぺたをつねってくる。
「ひぃひゃいよ」
「あ？　なんだって？」
「んー！」
　俊平は手を離して、大きな声で笑ってる。
　なんだかそれだけであたしの胸は温かくなった。
　そして、笑っていた俊平がいきなり真面目な顔をしてあたしを見る。
「やっぱお前わかってなさそうだから、はっきり言っとくわ」
「なに？」
　俊平がなにを言おうとしているのかわからなくて、首をかしげる。
「俺、お前が好きだから」
「え？」
「その反応、やっぱりわかってなかっただろ」
　わかってなかった。
　だって、俊平があたしを好きだなんて。
　夢みたいだ。　だけど夢じゃない。
　本当だったらうれしくてうれしくて、死んでもいいかも

しれない。
　ううん、死にたくない。
　せっかく俊平に好きって言ってもらえたんだもん。
　いままで、いつ死んでもいい。むしろ死にたいと思っていた。
　だけど、どんなに辛くても悲しくても、生きていてよかったよ。
「あたしも俊平が好き」
「知ってる」
「へっ？」
　そんな返事が返ってくるとは思わず、口から自然とマヌケな声が出た。
「お前が俺のこと好きで好きでたまんねぇのは知ってる」
　そう言って俊平は、ニヤニヤと嫌な表情を浮かべてる。
「べつにそこまでとは言ってないよ」
「なんだと？」
　あたしたちはふたりして声を出して笑った。
　こんな気持ち初めてだ。
　うれしくてうれしくて、うれしいだけじゃ足りなくて。
　こういうのを幸せと言うのかもしれない。
　笑っていた俊平は真剣な表情になり、あたしの頭に手を伸ばして、顔を近づけてくる。
　あたしの瞳をぐっととらえて、じょじょに近づいてきた。
「嫌っ！」
　あと少しで唇が触れるってところで、あたしは拒否して

しまった。
　考えるより先に出た拒否の言葉に、自分でも驚いた。
「拒否ってんじゃねぇよ」
　俊平はそう言って、あたしの後頭部に回していた腕を離していく。
「ごめん。でもやっぱり嫌」
「わかったから、なんで嫌なのか言ってみろ」
　俊平はタバコに火をつけて、横目であたしを見てくる。
　あたしはそんな俊平をちょっと睨みつけた。
「彼女と別れてきて」
「は？」
「本当にあたしが好きなら、彼女と別れてきてよ」
　自分がいま、とてつもないわがままを言っているのはわかっている。
　でも嫌なんだ。
　俊平を誰かと共有するなんて。
　俊平の気持ちを知るまでは、一緒にいられたらそれでいいと思っていた。
　だけど、俊平が本気であたしを好きでいてくれるなら、我慢なんてできない。
「ちょっと待て。彼女って誰のことだ？」
「そんなの知らないよ。俊平の彼女でしょ？」
　なんかイライラしてきた。
　これってヤキモチってやつなのかな。
「俺の彼女？　そんなのいねぇよ。つうか、俺の女はお前

だろ？」
「嘘！　だって前にカズキさんが、俊平に彼女ができたって言ってた」
　一度言いだすと止まってはくれない自分の口に、自分でも驚く。
　なに言ってんだろって頭では思うのに、止めることができない。
「いつ言ってたか知らねぇけど、アイツは俺の女はお前だと思ってるはずだ」
「嘘！」
「嘘じゃねぇよ。タクミだって俺の女だと思ってるから、今日お前のこと助けたんだろ」
　そういえば、タクミさんはあたしが俊平の彼女だって勘違いしていた。
　じゃあ、本当にカズキさんも、俊平の彼女はあたしだと思ってるの？
　でも、なんでふたりともそう思ってるのかわからない。
「なんでカズキさんもタクミさんも、あたしと俊平が付き合ってるって思ってるの？」
「それは俺がそう言ったからだ」
「なんで？」
　なにがなんだか、あたしにはさっぱりわからない。
「俺のもんだって言っとかねぇと、誰かに手出されるかもしれねぇだろ」
「じゃ、カズキさんが言ってた彼女ってあたしのことだっ

たんだ」
「たぶんな」
　なにそれ？
　俊平に彼女がいるって思って、すごく嫌な気持ちになったのに。
　それでも一緒にいたくて辛かったのに。
「信じられねぇか？」
　俊平は心配そうにあたしをのぞきこむ。
「信じるって言ったら、あたしのことバカだって思う？」
「愛しいとしか思わねぇよ」
「じゃあ、信じる」
　そう言うと、俊平はギュッとあたしを抱きしめる。
　あたしも俊平の背中に腕を回してギュッと力を入れる。
　そして、俊平はあたしの体を少し離し唇を重ねてきた。
　頭も心臓も体全部がドキドキする。
　緊張しすぎたあたしはどうしていいのかわからず、ただ俊平のされるがままになってた。
　唇の間から入ってきた俊平の舌は、勝手にあたしの口の中で動く。
　あたしは呼吸すら正常にできない。
「お前、なんか考えごとしてんだろ？」
「え？」
　少しだけ唇を離して、吐息がかかる位置でそう言ってきた俊平。
「なに考えてんだよ」

「べつになにも考えてないよ」
「じゃあなんで無反応なんだよ」
　そんなこと言われたって……。
　どう反応すればいいかなんてわからないよ。
「わからないの」
「なにが？」
「キスのしかた」
　俊平はあたしの目を見てくる。
「な、なに？」
「お前……もしかして、キスの経験あんまねぇの？」
「うん、いまのが２回目」
「つうことは、お前俺としかしたことねぇの？」
「うん」
「そうか、そうか」
　俊平はそう言って、あたしの頭をうれしそうに撫でてくる。
　そして「３回目だ」と言って、ふたたびあたしの唇に自分の唇を重ねてきた。
　さっきのとはちょっと違って優しいキスだと思った。
　啄(ついば)むようなそれを何度も繰り返してくる。
　子ども扱いされてる気もするけど、嫌じゃない。
　あたしの頭に手を回し、ときどき優しく撫でてくる。
　見つめあったかと思えば、また唇を重ねる。
　触れるだけのキスから息もできないようなキスに変わり、部屋の中にはその音だけが響く。
　頭に回されていた手は肩をつかみ、そしてTシャツの中

へと入ってくる。
　擦るようにあたしの背中を撫でまわすと、ブラのフックを器用に外す。
「だめ」
「ん？」
　甘い声っていうのはこういう声のことをいうのだろうか。
　いつもの優しい声とは違う俊平の声が耳元でささやかれた。
「やだっ」
　背中を触れていた手が脇腹をたどってきたところで、あたしは手の動きを阻止した。
　心の準備ができていないと言えば、言い訳になるだろうか。
　でも、はじめての感覚が怖かった。
　あたしから離れた俊平は立ちあがりTシャツをきた。
「……ごめん」
　なんだか俊平が怒っているように見えて謝った。
「謝るなよ。余計に悲しいだろうが」
　ちょっと笑いながら、そう言った俊平の声はまったく怒ってなくて優しい声だった。
「お前が嫌がることはしねぇって言ったろ？　でも早く心の準備しろ。そんな待てねぇからな」
　俊平はあたしの気持ちをわかってくれているんだと思った。
　それがどうしようもなくうれしくて、そんな人は俊平だけだと思った。

俺の女だって印だ

　あたしはまた、毎日のように繁華街へ俊平に会いに行くようになった。
　繁華街を俊平に肩を抱かれながら歩く。
　いままで何度もこうして歩いたのに、あたしの中のなにが変わったのか繁華街の景色がいままでと違って見えるような気がする。
　人混みもウザったいだけだったけど、いまはそうでもない。
　というか、あまり気にならなくなった。
「お前、明日帰り遅くなっても大丈夫か？」
「大丈夫だけど」
　好きだとお互いの気持ちを伝えあってから、もう２週間がたっていた。
　俊平はあれ以来、キスすらしてこない。
　いつも繁華街で遊んで、ご飯を食べているだけだった。
　なんでだろうとは思いながらも、あたしは一緒にいられるだけで十分だった。
　でも、いつか俊平に抱かれる日が来るのはわかっていた。
　それなりに心の準備だってしている。
　だから、それが明日なのかもしれないと思った。
「じゃ、そのつもりで来い」
「うん、わかった」

翌日、あたしはそのつもりで繁華街へやってきた。
　下着もこの間買ったばかりの新しいものをつけている。
　いつもの看板の前で待ちあわせしていて、俊平は繁華街の人混みの中を脇目も振らずまっすぐ歩いてきた。
　あたしはこうやって、まっすぐあたしの元へ歩いてくる俊平を見るのが好きで、早めに待ちあわせ場所に着くようにしていた。
「行くか」
　待たせて悪いななんて言葉もなく、俊平はさっそくあたしの肩に腕を回して歩きだす。
　そしてクラブの前、つまり俊平の住んでいるビルの前までやってきた。
　いきなり家に行くのかと思ったけど、覚悟してきたんだしそんなことはどうでもいいのかもしれない。
　俊平はクラブの前で足を止め、あたしのことを見てきた。
「お前、これつけとけ」
「え？」
　そう言って、俊平はいつも自分がつけているネックレスを外し、あたしに手渡してきた。
「なんでつけとくの？　くれるの？」
　なぜいきなりこんなことをするのか、あたしはさっぱりわからず俊平に聞いた。
「やるから、ずっとつけとけ」
「うん、わかった」
　あたしは俊平のネックレスを自分の首につけた。

やっぱりメンズものだけあってちょっと重い。
「どう？　似合う？」
「似合わねぇ」
　俊平のネックレスはシルバーで鎖（くさり）が絡まったみたいなデザインになっていて、女のあたしにはお世辞にも似合うとはいえない。
　それでも、女もののかわいいネックレスを貰うよりうれしかった。
「似合わねぇって言ったのに、うれしそうだな」
「うん、うれしい」
　そう言ったあたしの頭を俊平は優しく撫でる。
　あたしはいつの間にか、頭を撫でられるのが好きになっている。
　安心するっていうか、気持ちいい。
「それ、俺の女だって印だ」
「印？」
　首をかしげて、ネックレスから俊平へと視線を移す。
「ああ。それ、俺が気に入って何年もずっとつけてたやつだ」
「うん」
　出会ってまだそんなに月日はたたないけど、俊平はいつもこのネックレスをつけていた。
「周りのヤツらもそれを知ってる。だからそれをお前がつけてるってわかれば、お前が俺の女だってわかるだろ？」
「うん」

「だからぜってぇ外すな」
「わかった」
「それから中入ったら俺から離れるな。いいな？」
　中入ったら離れるなって、どういうこと？
　俊平の部屋に行くんじゃないの？
　そう思っていたら、俊平はビルのエレベーターの方ではなく、クラブへ入っていこうとしてる。
「ちょっと、待って！」
「ん？　どうした？」
　あたしの肩に腕を回し、クラブへ入っていこうとしていた俊平はふたたび立ち止まった。
「クラブ行くの？」
「ああ」
「俊平の部屋じゃなくて？」
　俊平の部屋に行くんだとばかり思っていた。
　それにまだ夕方だから、クラブは開いていないんじゃないの？
「言ってなかったか？　今日はOBの集まりだ」
　OBの集まり？
「なにそれ？」
「俺が椿連合のOBだってことは話しただろ？」
「うん」
　元総長だったこともちゃんと聞いたし、知ってる。
「今日はここで椿連合のOBの集まりがあるんだよ」
　OBの集まり……。

あたしはなんとなく理解したけど……。
「それにあたしも行くの？」
「ああ。お前も行くの」
　なんか嫌だな。
　知らない人ばかりの集まりに参加するの。
　それに、OBの集まりなのに部外者のあたしが参加していいんだろうか？
「あたしOBじゃないのに行くの？」
「ああ。OBじゃねぇけど俺の女だからな」
　俊平はそう言うけど、あまり参加したくない。
「なんだよ、その顔。嫌なのか？」
「うん。できれば行きたくない」
　あたしがそう言うと、俊平はちょっと困った顔をした。
「今日は我慢してくれ」
　俊平は優しくあたしに向かってそう言った。
　あたしが嫌がることはしないって言ってくれた俊平がこう言うってことは、余程あたしに来てほしいと思ってるんだ。
「わかった」
「悪いな」
「うん、大丈夫」
　あたしは俊平に連れられ、クラブの中へと入った。
　営業中ではないからか、いつもの大音量の音楽は聞こえなくて、洋楽がかすかに聞こえる。
　そのかわり、笑い声や話し声が響いていた。
　あたしは入ってすぐに、予想以上の居心地の悪さを感じ

はじめていた。
　見た目が怖そうな人や、チャラチャラした軽そうな男の人のほかに、OBの人たちの彼女なのか、若くてキレイな女の人たちもたくさんいる。
　でも、俊平に我慢してくれって頼まれたから、あたしは我慢することにした。
　俊平についてカウンターの方へいくと、カズキさんがいた。
　それと、前にここで会ったタケさんとアカギさんもいた。
　知った人がいてちょっとだけホッとする。
「シュン、お前一番近くに住んでんのに遅ぇよ」
　あたしたちに気づいたカズキさんが俊平に向かってそう言う。
　俊平はそれになにも答えない。
「奥の席でお前のことお待ちかねだ」
「ああ」
　カズキさんにそう言われ、俊平は奥の席へと視線を移した。
　あたしもそっちを見てみたけど、見たことない人たちが奥のソファ席に座っていた。
「めんどくせぇけど、行ってくるか」
「だな。早く来いって言わんばかりにずっとこっち見やがって」
　俊平とあたしは奥のソファ席へと向かった。
　そこには数人の男の人が、まるでキャバ嬢かと思うような派手な女の人たちと偉そうに座っている。
「よぉ、シュン。元気だったか？」

「変わりなくやってます」
　まん中に座っているスーツを着た男の人がそう言うと、俊平は敬語で答えた。
　敬語を話す俊平にちょっと驚きながらも、俊平より先輩なんだと勝手に理解した。
「新しいコレか？」
　そう言いながら、スーツの男の人は小指を立てる。
「俺の女の雫です」
　俊平はそう言って、あたしの後頭部を押さえてお辞儀をさせた。
「えらい美人だな。さすが色男はちげぇな」
　美人だと言われているけど、あまりいい感じはしない。
　なんでだろ？
　この人の目つきや話し方のせいかな？
　お偉いさんなのかもしれないけど、俊平以外が偉そうにしてるとなんかムカつく。
「まあ、そこ座って１杯飲めや」
　あたしと俊平はスーツの男の人の前に座った。
　そして、あたしの前に座っていたキャバ嬢みたいな女の人がグラスを持ち水割りを作りだした。
「あ、コイツ飲めねぇから。俺のだけで」
　女の人に向かって俊平はそう言った。
　あたしが飲めるのを俊平は知ってるのに、なんでそう言ったのかわからない。
　不思議に思い俊平の顔を見ていると、「人前では飲むな」

とあたしにだけ聞こえるような小さな声で言ってきた。

あたしもそれに小さくうなずいた。

女の人は俊平に水割りと、あたしにウーロン茶をいれてくれた。

それを「いただきます」と俊平につられて言ってひと口飲んだ。

「シュン、お前いつまでも遊んでねぇで、そろそろうちに来いよ」

「もうちょい考えさせてください」

「まだ考えるのかよ。もう1年も待たせやがって」

「すみません」

ふたりがなんの話をしているのかさっぱりわからなかったけど、あたしは黙って聞いていた。

そして、1杯を飲み終えると、あたしたちは席を立った。

カズキさんたちのいるカウンターへ向かう途中も、俊平はいろんな人から声をかけられてる。

そしてカズキさんたちのいるところまで戻ると、ふたり並んでカウンター席に腰をおろした。

「腹へってねぇか？　なにか食うか？」

「うん、食べる」

そう言うと、俊平はカウンターの中にいる人にビールと食べ物を頼んでいた。

「俊平」

「うん？　どうした？」

あたしが俊平の名前を呼ぶと、優しい声で聞き返してくれる。
「さっきの人が言ってた、うちに来いってなに？」
「あの人、俺が連合に入ったときの総長だった人でな」
「うん」
　だから俊平は敬語使っていたんだ。
「いまは親父さんの組継いでんだ」
「組？」
「あー、やくざだよ。本職ってことだ」
　やくざ？
　そんなあっさり言われても、あたしには無縁の世界すぎてちょっととまどう。
「俊平、やくざになるの？」
「……お前が嫌ならならねぇよ」
　ちょっと間をあけて答えた俊平。本当はどう思ってるんだろう。
　本当はやくざになりたいのかな？
「俊平がなりたいならべつにいいよ。どうせいまもあまり変わんないよ」
「なんだと？」
　ふたりでケラケラと笑っていると、俊平が頼んでくれた食べ物が来た。
　あたしはそれに手を伸ばし食べはじめる。
「もらうね」
　そう言ってカズキさんが、あたしのポテトを横から摘ま

んできた。
　俊平はビールを飲みながら、タケさんたちと話している。
「シュンと付き合ってるといろいろあるかもしれねぇけど、頼むな」
　いろいろってなんだろうと思い、あたしは首をかしげる。
「アイツこの間、雫ちゃんと連絡とれねぇって大変だったんだよ」
　この間って、あたしがスマホの電源を落としていたとき？
　俊平と連絡がとれなかったときってそのときしかないもんね。
「ずっとイライラしてっし、ちょっとしたことで喧嘩しだすし。ホント大変だったんだよ」
「なんか、ごめんなさい」
「いや、俺は雫ちゃんがシュンと出会ってくれて感謝してる」
　カズキさんは真剣な表情で話を続ける。
「アイツ最近マジで変わったよ。いまもあんなに笑ってて驚いた」
「あたしと出会う前の俊平って、どんな感じだったんですか？」
「毎日っていうほど喧嘩してたな。そのたびに俺はあと始末させられて大変だったよ」
　そういえばはじめて会ったときも喧嘩していた。
　あたしはあのときくらいしか俊平が喧嘩しているのは見

たことないけど、たまに喧嘩のことは聞いていた。
「最近は雫ちゃんとのデートが忙しいみたいで喧嘩もしねぇし、俺はひと安心だ」
「俊平がうらやましい」
「なにが？」
「カズキさんみたいな友達がいて」

こんな話をしてくるカズキさんは、俊平が好きなんだなっていうのがわかる。

あたしにはカズキさんのような友達は一生できそうにない。
「そうだろ？　シュンにちゃんと俺に感謝するように言っといてくれる？」

冗談っぽくそう言ったカズキさんにつられて、あたしも笑った。
「おい、カズキ。お前なに人の女にコナかけてんだ」
「は？　誰がお前の女に手ぇつけるような自殺行為するかよ」

タケさんたちと話していたはずの俊平がいきなり怒りだして、カズキさんと言い合いが始まった。

でも、ふたりとも笑っていて楽しそうで、聞いているだけでおもしろかった。
「雫、なに笑ってんだよ？」
「え？　べつに」

カズキさんと言い合いしていたはずなのに、今度はあたしに矛先(ほこさき)が向けられた。

「どうにかしろよ、その浮気癖」
「え？　浮気癖なんてないし」
「あんだろ。カズキに笑いかけるし、タクミのバイクにも乗ったしな」

　それで浮気ってどういうこと？

　それにタクミさんのバイクに乗ったのは、俊平と付き合う前の話だし。

「それ浮気じゃないよ」
「浮気じゃなかったらなんだよ」
「わかんないけど、浮気じゃない」
「浮気だ」
「浮気じゃない」

　こんな言い合いが楽しいなんて、お互い本当に浮気じゃないってわかってるからだ。

　俊平もきっと、この言い合いが楽しいと思ってくれているんだと思う。

俺が嫌いか?

　言い合いに飽きたあたしは、トイレに立った。
　俊平はトイレまでついてこようとしたけど、ゆっくりできないから全力で阻止した。
「ねぇ、ねぇ。シュンさんが連れてる女見た?」
　トイレの個室に入っていると、洗面所に人が入ってきてあたしの話を始めた。
「見た見た。前の女になんか似てるよね」
「あー、それあたしも思った。やっぱり前の女忘れられないのかな?」
「そうじゃないの? だって彼女が死んだあとのシュンさん、すごかったじゃん」
　こんな話聞きたくないのに、耳をふさいでも聞こえてくる。
「うんうん。毎日喧嘩して、女取っ替え引っ替えしてたもんね」
「ロングヘアーの女なら、誰でもシュンさんに抱いて貰えるって噂なかった?」
「あったあった。あたしもエクステつけようかと思ったもん」
　ゲラゲラと大きな笑い声がトイレ内に響いた。
　出るに出られないあたしは、そのまま音も立てずにその場にいた。
　それがとてつもなく惨めに思えて悲しくなる。

「あたしの友達でシュンさんに抱かれたって言ってた子も、ロングヘアーだった」
「やっぱりシュンさんロングヘアー好きなんだね。前の女も新しい女もロングだし」
「でもそれって髪型が好きなのか、前の女が好きなのかわかんないじゃん」
　トイレの中で聞きながら、あたしもそのとおりだと思った。
　俊平はいまでもナオさんの面影(おもかげ)を追っているのかもしれない。
　女たちがトイレを出たのを確認してから、あたしは個室から出る。
　俊平の元へ早く戻らないと心配をかけるかもしれない。
　ううん、心配なんて本当はしていないかもしれない。
　あたしのことを大切だと言ってくれたのに、こんなにも簡単に不安に襲われてしまう。
　俊平の元へ戻ろうとトイレから出ると、俊平が立っていた。
「おせぇから心配しただろうが」
「ごめん」
「どうした？　なにかあったか？」
「ううん。ちょっと疲れたから休憩してただけ」
　俊平は心配そうにあたしの顔をのぞきこんでくる。
　だけど、いまはそんなことしてほしくなかった。
　顔を見られたくなかったし、俊平の顔を見たくなかった。
「帰るか？」
「うん。帰る」

「ちょっと待ってろ。カズキに言ってくるから」

　ひとりで帰るつもりだったのに、俊平も一緒に帰る気なんだ。

　まだ来てそんなに時間もたっていないのに、帰っていいのかな？

　みんなはまだ楽しそうに飲んでいるのに。
「あたしひとりで帰る」

　カズキさんのところへ向かおうとしていた俊平を引き止めてそう言った。
「俺も帰るから、待ってろ。1歩も動くなよ」

　俊平はそう言って、カウンター席にいるカズキさんのところへ行ってしまった。

　すぐに戻ってきた俊平と一緒にクラブを出た。
「ちょっと上で休んでいくか？　なんなら泊まってもいいし」
「いい、帰る」

　泊まることになるかもしれないと思ってちょっと楽しみにしていたけど、いまは帰りたい。

　いまは俊平と一緒にいたくない。
「泊まるのが嫌なら泊まらねぇでいいけど、ちょっと寄ってけ。話したいことあんだろ？」

　逃げられないと思った。

　自分でもトイレでのことが気になっていて、それで普通にできていないのはわかっている。

きっといまのあたしは笑顔が消えて、元気がなくなってるんだと思う。
　俊平はそんなあたしの変化に気づいているんだ。
　あたしは俊平の部屋のソファに座らされた。
　入れたばかりの冷房の風があたしにあたり、少しひんやりとする。
　俊平はあたしの隣に座り、横から痛いほどの視線を送ってくる。
　それでも、あたしは気づかないふりをしていた。
「どうした？　なにがあった？」
　優しく聞いてくる俊平になんだかムカついた。
　いきなり機嫌が悪くなったあたしに怒ってくれたら、勢いでなにもかもぶちまけられるのに。
　でも俊平は優しいから、あたしはなにも言えない。
「べつになにもないよ。ちょっと疲れただけだって」
　俊平は、ただ黙ってじっとあたしを見てくる。
　この空気に耐えられなくなって、先に口を開いたのはあたしだった。
「やっぱり帰る」
　そう言って立ちあがろうとしたあたしの腕を俊平がつかみ、抱きよせる。
　俊平はあたしの後頭部に手を回し、自分へと近づけようとする。
　その間も俊平はずっとあたしの目を見ていた。
「嫌っ！」

あと少しであたしの唇と俊平の唇が重なりそうになったとき、あたしは拒絶した。
　俊平は強要せずに、あたしの後頭部からゆっくりと手を離した。だけど、腕はあたしを抱きしめたままだ。
「俺が嫌か？」
「違う」
　俊平が嫌なわけじゃない。
「だったらどうした？」
「べつにどうもしないよ。ただいきなりで驚いただけ」
「……いい加減にしろよ」
　いままで優しい声だった俊平の声が、低いものに変わった。
「お前はいつまでそうやって、心を開かねぇつもりなんだよ」
　もう完全に俊平はいつもと違う態度になっていた。
　優しい俊平でも、意地悪な俊平でもない。
「俺はお前のこと全部受けいれる気でいるのに、お前がそれじゃ俺のひとり相撲じゃねぇか！」
「…………」
「そんなに俺が信用できねぇか？　お前のことこんなに大事にしてんのに」
　そう言った俊平は怒っていた。
「大事にしてって言ってない！」
　あたしは泣きながら俊平にそう言い返した。
「大事になんてしてくれなくていい！　どうせあたしはナオさんの代わりにはなれない！」

「…………」
「ナオさんのこと忘れて、あたしを見てよ!」
　あたしは嗚咽しながらそう口にしていた。
　俊平はそんなあたしになにも言い返すことなく、ただ黙ってしばらく背中を擦っていてくれた。
「俺、ちゃんとお前のこと見てるぞ。毎日雫のことばっか考えてる」
　優しい声で背中を擦りながら、俊平はそう言ってきた。
　あたしは擦られているのが気持ちよくて、目を閉じながら聞いていた。
「それなのに、なんでナオが出てくるんだ?」
「……トイレで女の子が噂話しているの聞いた」
「なんて?」
「俊平はナオさんがロングヘアーだったから、ロングヘアーの子が好きだって。ロングヘアーの子だったら誰でも抱くって。それにあたしとナオさんが似てるって言ってた」
　話していると、また自分が惨めに思えた。
　せっかく止まった涙がまた出てくる。
「なんだよ、その噂。たしかにナオはロングヘアーだったけど、女を髪形で選ばねぇよ。ロングヘアーなら誰でも抱くなんてことはねぇ」
「でもいっぱい女の人を抱いたんでしょ?」
「ああ。ナオがいなくなってからは、言いよってくる女を抱いた」
「最低」

俊平のこの腕がたくさんの女の人を抱いたと思うと悲しかった。
　わかってる。
　俊平は悪くないって。
　これはただの嫉妬だって。
　過去のことは変えられない。
　なのに俊平は、あたしを抱きしめる腕の力をゆるめて「悪かった」と謝ってきた。
「ギュッてしてて」
「あ？」
「腕の力ゆるめないで」
　俊平はちょっとだけ鼻で笑って「すげぇわがまま」って言い、さっきよりもギュッとあたしを抱きしめる。
　あたしはそれに安心感を覚えた。
「心配しなくてもお前はナオに似てねぇよ。ナオはこんなわがまま言わねぇ」
「ナオさんが忘れられない？」
　もし忘れられないと言われても、受けいれなきゃいけないと思った。
　俊平がさっき言ったように、あたしを大事にしてくれているのはわかっているから。
「忘れられねぇかって聞かれたら、一生忘れられないだろうな」
　胸が切りさかれるみたいだった。
　受けいれようと思ったけど、やっぱり辛いものがある。

「でもいまも好きかって聞かれたら、俺がいま好きなのは間違いなくお前だ」
「…………」
「もしいま、ナオが俺の前に現れたとしても、俺はお前を選ぶ自信がある」
　そう言って、俊平はあたしの頭を撫でる。
「俺をここまでマジにさせたんだ、覚悟しろよ」
　俊平はそう言ってあたしの唇に自分の唇を重ねてきた。
　今度は素直にそれを受けいれた。
「お前マジで世話がやけるな」
　唇が離れてもあたしを抱きしめたまま、俊平はそう言ってきた。
　その顔はいつもの意地悪な表情をしている。
「ごめん。自分でもわかってる」
　俊平は冗談のつもりだっただろうけど、あたしは本気で答えた。
　だって自分でもわがままで世話がやけるって思う。
　それに、あたしもこんな自分が嫌だ。
　泣いたり怒ったり、自分のことなのに自分でうまくコントロールができない。
　俊平と出会う前はこんなことなかったのに。
「わかってんなら俺から離れんなよ。お前の世話ができるのは俺くらいだからな」
「うん」
　本当にこんなあたしを好きだと言ってくれるのは俊平く

らいだよ。
　俊平の腕に包まれたまま笑いあって会話をしたり、ときおり唇を重ねたりふたりで甘い時間を過ごしていた。
　さっきまでの険悪(けんあく)な雰囲気はもうどこにもない。
「今日、泊まっていくか？」
「……うん」
　また唇を重ねようとしたそのとき、突然扉が開いた。
　その音にあたしたちふたりの動きは止まり、扉の方へと視線を向ける。
　そこにはカズキさんとタケさんとアカギさんがいた。
「あれ？　邪魔しちゃった？」
　カズキさんはそう言いながらも、遠慮する様子もなく部屋の中に入ってきた。
「なにしに来た？　来んなって言ったろ」
「いや〜わざわざ帰り際に部屋には来んなって言うから、こんなことだろうと思って来てあげたわけよ」
　クラブを出るときにカズキさんに、『帰る』じゃなくて『来るな』って言いに行ってたの？
「てめぇら、マジでぶっ殺すぞ！　帰れ」
「ここで朝まで飲もうと思って、酒買ってきてやったぜ」
　あたしから腕を離し怒りながらそう言う俊平を、カズキさんは怖がりもせずに向かいのソファに座った。
「飲まねぇから、いますぐ帰れ！」
　そう言う俊平を無視して、カズキさんたちはお酒を飲みだした。

もうすでに酔っぱらっていた３人は騒ぎだしてる。
「あたし帰るね」
「あ？　泊まるんだろ？」
「またにする」
　あたしは結局帰ることにした。
　俊平は『ラブホ行くか』とか言ってたけど、無視して帰ってきた。

　翌日、あたしは美容院に来ていた。
　小さいときからずっとロングだった髪を、バッサリ切った。
　そして、繁華街へ俊平に会いに行く。
　いつもの場所で俊平が来るのを待つ。
　俊平は髪を切ったあたしにむかって、脇目を振らずまっすぐ歩いてきた。
「切ったのか？」
「うん、どう？」
「似合ってんじゃねぇか」
　俊平のその言葉は、美容師さんに言われるより何倍もうれしかった。

もうひとりになりたくない

　少しずつ太陽が沈む時間が早くなってきた。
　もうすぐ夏も終わる。
　あたしはあいかわらず、夕方に俊平から電話をもらって繁華街へと出かける毎日を送っていた。
　でも毎日会っているのに、俊平はあたしを抱こうとはしなかった。
　その理由があたしにはわからなかった。
　それだけじゃなく、あのOBの集まりがあった日以来キスもしてこない。
　ほかでしているんだろうかと一瞬疑ったりもするけど、あたしはその疑いをすぐに掻き消す。
　きっと俊平はあたしを大切にしてくれているんだと思う。
　だけど理由はそれだけじゃないって思うんだ。
　あたしはタバコがきれた俊平と一緒にコンビニに来ていた。
　なにげなく雑誌コーナーへと行くと、ある週刊誌が目に入った。
　その週刊誌の表紙には、有名女優の名前が載っている。
　あたしをそれを手に取りページを開いた。
「小笠原ゆき、婚約？」
　後ろからのぞきこんで発された声に振り返ると、買い物を終えた俊平がいた。

愛読者カード

お買い上げいただき、ありがとうございました！
今後の編集の参考にさせていただきますので、
下記の設問にお答えいただければ幸いです。よろしくお願いいたします。

本書のタイトル（　　　　　　　　　　　　　　　　　　　　　　　　　　　　）

ご購入の理由は？　1. 内容に興味がある　2. タイトルにひかれた　3. カバー（装丁）が好き　4. 帯（表紙に巻いてある言葉）にひかれた　5. 本の巻末広告を見て　6. ケータイ小説サイト「野いちご」を見て　7. 友達からの口コミ　8. 雑誌・紹介記事をみて　9. 本でしか読めない番外編や追加エピソードがある　10. 著者のファンだから　11. あらすじを見て　12. その他（　　　　　　　　　　　　　　　　　　　　　　　）

本書を読んだ感想は？　1. とても満足　2. 満足　3. ふつう　4. 不満

本書の作品をケータイ小説サイト「野いちご」で読んだことがありますか？
1. 読んだ　2. 途中まで読んだ　3. 読んだことがない　4. 「野いちご」を知らない

上の質問で、1または2と答えた人に質問です。「野いちご」で読んだことのある作品を、本でもご購入された理由は？　1. また読み返したいから　2. いつでも読めるように手元においておきたいから　3. カバー（装丁）が良かったから　4. 著者のファンだから　5. その他（　　　　　　　　　　　　　　　　　　　　　　　　　　　　）

1ヵ月に何冊くらいケータイ小説を本で買いますか？　1. 1～2冊買う　2. 3冊以上買う　3. 不定期で時々買う　4. 昔はよく買っていたが今はめったに買わない　5. 今回はじめて買った

本を選ぶときに参考にするものは？　1. 友達からの口コミ　2. 書店で見て　3. ホームページ　4. 雑誌　5. テレビ　6. その他（　　　　　　　　　　　　　　　）

スマホ、ケータイは持ってますか？
1. スマホを持っている　2. ガラケーを持っている　3. 持っていない

学校で朝読書の時間はありますか？　1. ある　2. 今年からなくなった　3. 昔はあった　4. ない

ご意見・ご感想をお聞かせください。

文庫化希望の作品があったら教えて下さい。

学校や生活の中で、興味関心のあること、悩みごとなどあれば、教えてください。

いただいたご意見を本の帯または新聞・雑誌・インターネット等の広告に使用させていただいてもよろしいですか？　1. よい　2. 匿名ならOK　3. 不可

ご協力、ありがとうございました！

郵便はがき

104-0031

お手数ですが
切手をおはり
ください。

東京都中央区京橋1-3-1
八重洲口大栄ビル7階

**スターツ出版（株）　書籍編集部
愛読者アンケート係**

(フリガナ)
氏　名

住　所　〒

TEL　　　　　　　　　　　　　携帯／PHS

E-Mailアドレス

年齢　　　　　　　　　　　　　性別

職業
1. 学生（小・中・高・大学（院）・専門学校）　　2. 会社員・公務員
3. 会社・団体役員　4. パート・アルバイト　　5. 自営業
6. 自由業（　　　　　　　　　　　　　　　　　　　）　7. 主婦　8. 無職
9. その他（　　　　　　　　　　　　　　　　　　　　　　　　　　　　　　）

今後、小社から新刊等の各種ご案内やアンケートのお願いをお送りしてもよろしいですか？
1. はい　2. いいえ　3. すでに届いている

※お手数ですが裏面もご記入ください。

お客様の情報を統計調査データとして使用するために利用させていただきます。
また頂いた個人情報に弊社からのお知らせをお送りさせて頂く場合があります。
個人情報保護管理責任者:スターツ出版株式会社 販売部 部長
連絡先:TEL 03-6202-0311

あたしはさっと雑誌を棚へと戻し、俊平とコンビニを出る。
　　俊平はコンビニを出るなり、タバコを吸いはじめた。
「そーいや、お前最近タバコ吸わねぇな」
「やめた」
「は？」
　　俊平は驚きの表情を見せてる。
　　自分がタバコ吸う女は嫌いだって言ったくせに。
　　なんで驚くのかわかんない。
「よくやめられたな」
「うん。自分でもそう思う」
「お前ホント俺にベタ惚れだな」
　　ニヤニヤしながら俊平はそう言ってきた。
「べつにそうでもないよ」
「なんだと？」
　　またいつもの言い合いが始まる。
「俊平がタバコ吸う女は嫌いって言ったからやめたわけじゃないよ」
「じゃあ、なんでやめたんだよ？」
「健康のため？」
「くだらねぇ嘘つくんじゃねぇ」
　　俊平はそう言って、あたしにタバコの煙を吹きかけてきた。
　　そのあとあたしたちは、いつものようにご飯を食べ、最近はじめたあたしのために、ダーツバーに行った。
　　最初は的にすら当たらなかったけど、俊平に教えてもらい、少しずつ上達してきたと思う。

でも、今日はあまりうまくできなかった。
「そろそろ帰るか？　タクシー乗り場まで送ってく」
「まだ。もうちょっと投げる」
「お前さっきもそう言って１時間たつぞ」
　俊平にそう言われたけど、あたしは無視してダーツをやっていた。
「また明日も来ればいいだろ。あんま遅くなると親が心配するんじゃねぇか」
「……いない」
「あ？」
「心配しないから大丈夫」
　そのあと、30分ほど投げてから、あたしたちはようやく帰ることになった。
　本当は、まだ帰りたくなかった。
　でも俊平だってこのあと、遊びに行くかもしれないし、あまりわがままは言えない。
　そんなことを考えているうちに、俊平に送られタクシー乗り場についてしまった。
「じゃ、また明日な」
「……うん」
「気いつけて帰れよ」
　そう言って、俊平はあたしの肩に回している腕を離す。
「……たくない」
「なんか言ったか？」
　小さな声でつぶやくように言ったのに、俊平は聞きのが

さなかった。
「べつになにも」
「嘘つくんじゃねぇ。帰りたくねぇって言ったんだろ？」
　絶対聞こえてなかったくせに。
　なんでわかるの？
　俊平はふたたびあたしの肩に腕を回した。
「行くぞ」
「え？」
「帰りたくねぇんだろ？」
　あたしは声に出さずに俊平を見てうなずいた。
「早く言えよな。お前が帰りたくねぇのは何時間も前からわかってんだよ」
　俊平はわかっていたのにあたしの口から言うのを待っていたんだ。
　それならもっと早く言えばよかった。
　あたしと俊平は歩いてきた道をふたたび戻る。
「お前さ、親いねぇの？」
「え？」
　いきなり聞かれて、驚きながら俊平を見あげる。
　いままでたまに帰りが遅くなったりするときは『親大丈夫か？』って聞かれたりしていた。
　だけど、こんなにはっきり聞かれたのは初めてだった。
「さっき、親いないって言わなかったか？」
　さっきっていうのは、ダーツしていたときだ。
　あれだって俊平には聞こえていないと思っていた。

あのあとだって聞き返さずに普通にしてたのに。
「言いたくねぇんならべつにいい。お前が話したくなるまで待ってやる」
　言いたくないわけじゃない。
　でも、いままで親のことを誰にも話したことがないから、どう話していいかわからない。
「だからそんな顔すんな。今日のお前、そんな顔ばっかしてっから、俺の方が帰したくなくなんだろ」
　親なんかいなくても、俊平さえいればいい。
　神様なんて信じていないけど、俊平は神様があたしを哀れんで咲かせてくれた花だと思った。
　あたしのなにもない砂漠みたいな心に、咲かせてくれた花だ。
　あたしは外だということも忘れて、俊平に抱きついた。
「家まで待てよ」
　俊平はそう言いながらあたしの背中に腕を回してくれた。
　そして頭を優しく撫でてくれる。
「早く離れろよ。ジロジロ見られてんぞ」
「うん、べつにいい」
　俊平はそう言いながらもあたしから腕を離さなかった。

　俊平のうちへやってきて、あたしと俊平はソファに腰かける。
　すると、俊平が話しはじめた。
「俺、生まれてすぐにこの繁華街に捨てられてたんだよ」

「え?」
　捨てられてた? ここに?
「だから親のことなにも知らねぇ。ずっと施設で育ってきた」
「…………」
　あたしは話をする俊平の横顔をじっと見て、黙って聞いていた。
「それで小6のときくらいからグレだして、この繁華街で当時の椿連合の総長に拾われた。お前も、この前集まりで会ったろ? あの人が俺を拾ったんだよ」
　あのスーツを着て偉そうにしていた人だ。
「あとはまともに学校も行かねぇで喧嘩ばっかりしてたな」
　そこまで話した俊平は、やっとあたしへと視線を向けた。
　そしてあたしの頭に手を伸ばし、自分の胸へと押しこめた。
「ここで捨てられたせいか、繁華街にいると落ち着く。ここは俺の故郷みてぇなもんだ」
「あたしもここが落ち着く」
　あたしは俊平の腕の中が一番落ち着く。
　生まれた場所でも親でもないけれど、温かいここが一番だ。
「俊平」
「ん?」
「親に捨てられたこと恨んでる?」
「顔も知らねぇ人間を恨めねぇよ。それにお前にも出会えて、俺の人生さほど悪くもねぇしな」
　あたしの人生も悪くないかもしれない。
　俊平に出会えただけで幸せな人生だよ。

あたしからも俊平に腕を回してギュッと抱きついた。
「あたしも恨むのやめるよ」
「ああ、恨む時間があんなら俺のことだけ考えてろ」
「うん。そうする」
　もう、あの人を恨むのはやめよう。
　あの人はあたしを産んでくれた。
　そのおかげで俊平と出会えたんだ。
　しばらく抱きついていたあたしは俊平にうながされ、シャワーを浴びに行った。
　このあと俊平に抱かれるんだと思うと、本当に親のことなんてどうでもよくなって、そのことばかり考えていた。
　あたしがシャワーを浴び終わると、俊平もシャワーを浴びに行く。
　あたしは俊平に貸してもらったTシャツを着てソファで待っていた。
　シャワーを終え出てきた俊平は、上半身裸のままで冷蔵庫から水を取り出し、勢いよく飲んでいる。
　あたしはその姿にずっと目をやっていた。
「お前も飲むか？」
「うん」
　そう言うと、俊平はあたしにも新しいお水を持ってきてくれる。
　緊張しているのか、喉(のど)が乾いていたので、あたしもそれを勢いよく体に流しこんだ。
　静まりかえったこの空気は俊平が電源を入れたテレビの

音で掻き消された。

　普段テレビを見ないあたしも、なんとなくテレビに視線を向ける。

　すると、偶然にもあの人が映っていた。

　あたしを産んだ人が映っていた……。

「小笠原ゆきってキレイだよな」

「……うん」

　なにも知らない俊平は、テレビに映るあの人を話題に出す。

「ちょっとお前に似てる」

「……母親だからね」

「…………」

　俊平は驚いたのか、テレビに向けていた視線をあたしへと向けた。

「この人が、あたしを産んだんだよ」

　あたしは俊平の視線に気づいていたけど、テレビに映る母親を見たまま話を続けた。

　いままで誰にも話したことのない話。

「この人が20歳のとき、世間には内緒であたしを産んだらしい」

「…………」

「だからあたしは、お祖母ちゃんに育てられた」

　母親なのに一緒に暮らしたこともないし、ホントたまに食事をするくらいだった。

　父親が誰なのかも知らない。

　ただ毎年誕生日にプレゼントが贈られてきたくらいだ。

それもお祖母ちゃんがいなくなってから贈られてこなくなった。だからきっとプレゼントはお祖母ちゃんが用意してくれてたんじゃないかって思う。
「……あたしもこの人に捨てられたんだよ」
　そう言うと、俊平の腕が伸びてきてギュッと抱きよせられた。
「お祖母ちゃんは優しかったし、べつに親がいないことなんてなんともない」
「ああ」
「この人のことを母親だと思ったこともない。一緒に暮らしたこともなかったけど、お祖母ちゃんがいてくれてたから、それでよかった」
　話しだしたら止まらない。
　そんなあたしを知っている俊平はただ黙ってあたしの話を聞いてくれる。
「だけど中3のとき、お祖母ちゃんが病気で死んだんだ」
　お祖母ちゃんの病気を聞かされていなかったあたしには、突然のことだった。
　もうすぐ中学を卒業するっていう、寒い冬の出来事だった。
「ある日の朝、なかなか起きてこないお祖母ちゃんを起こしに行ったら冷たくなってた」
　あの日の朝のことはいまでも思い出すと心が凍ってしまいそうになる。
　怖かった。
　お祖母ちゃんが死んだことも、なにもかもが怖く思えた。

「どうしたらいいかわかんなくて、あの人に電話した。だけどあの人は来なくて、来たのはあの人の事務所の人だった」
　俊平はあたしの背中を優しく擦ってくれる。
「それからは事務所の人が全部やってくれて、あの人が来たのは翌朝のお葬式だけだった」
　それでも来てくれて、顔を見ただけで安心したんだ。
　それなのに、泣いて震えているあたしをいまの俊平みたいに抱きしめてくれることはなかった。
　あの人はお葬式でも女優だった。
　カメラが回っていないのに泣いているのも、あたしにはなにもかも演技に見えたんだ。
「お葬式が終わると、すぐに仕事に戻っていった。片付けも全部事務所の人に任せたんだよ」
　最低だと思った。
　だけど、お祖母ちゃんがいなくなると、あたしにはあの人しかいなかった。
「あたしにもひと言の言葉もなかった」
　悲しくなんかないのに、話していると涙が流れてくる。
　これはムカつきすぎて流れてきてるんだ。
「あの人の中には、あたしは存在しないんだよ」
　きっとあの人は、あたしを産んだことを後悔している。
　あたしなんか生まれてこなければよかったんだ。
　泣くあたしの背中を俊平は黙って擦ってくれていた。
　そして抱きしめたままやっと言葉を発した。
「お前、いまは誰と住んでんだ？　母親か？」

「ううん、ひとりだよ。お祖母ちゃんと一緒に住んでいた家は、あの日の朝を思い出してしまうからどうしても嫌で、新しいマンションを用意してもらった」

　さすが人気女優だけあって、マンションやお金はなに不自由ないくらい与えられている。
「そうか。いままでひとりで寂しかっただろ」
「…………」

　死ぬほど寂しかった。

　寂しくて寂しくて、死にたいと何度も思った。

　誰かに甘えたかった。

　だけど、ここまできても口には出せない。
「俺がお前のすべてになる」
「え？」

　あたしのすべて？

　どういう意味かわからなくて、少しだけ顔を上げ俊平を見る。
「もうひとりにはさせねぇよ」

　真剣な目をして俊平はそう言った。

　その言葉がうれしくてまた涙が溢れてきた。
「うん。もうひとりになりたくない」

　ひとりって死ぬほど寂しくて孤独で……だけどそれだけじゃない。

　震えるほど怖いんだ。
「ああ、俺がいるからこんな震えんじゃねぇ」
「うん」

自分がいま、震えているなんてわかっていなかった。
「もうお前はひとりじゃねぇ」
「うん」
「お前には俺がいる」
　あたしには俊平がいる。
　俊平は何度も「俺がいるから」と言いながらあたしを慰めてくれる。そのおかげか震えが止まった。
「なぁ、雫」
「なに？」
「本当は俺も寂しかったんだよ」
「え？」
　あたしは俊平の言葉に驚いた。
　だってさっき自分の話をしてくれていた俊平は、いつもと変わりなかったから。
「親に捨てられて自分がどこの誰かもわからねぇし、流れのまま椿連合に入って、カズキやナオに出会ったけど、ナオはいなくなるし、俺ってなんのために生きてんだろうって思ってた」
　こんな話をする俊平は初めてだった。
　いままで隠されていた俊平の弱い部分なのかもしれない。
「だけどお前となら、寂しさも全部わかちあえる気がする」
「うん。俊平にはあたしがいるよ」
「わかってる」
　俊平は鼻で笑いながらそう言うと、痛いくらいにあたしをギュッと抱きしめてきた。

なんで抱かないの？

 あたしと俊平はベッドへと場所を移した。
 俊平はあたしに腕枕し抱きしめる。
 そして、俊平は話を始めた。
「明日起きたらどっか行くか？」
「どっかって？」
「そうだな。バイク乗せてやろうか？　前に乗りてぇって言ってたろ」
「うん。乗りたい」
 前にタクミさんに乗せてもらって気持ちよかったって、また乗りたいって言ってたの、覚えてくれてたんだ。
 うれしい。
「じゃあ早めに起きて遠出するか」
「うん」
「じゃあもう寝ろ」
 どうしてだろう？
 どうして俊平はあたしを抱かないんだろう？
 今日はひとつのベッドに入った時点で抱かれると思っていたのに。
 キスひとつしてこない。
 大事にしてくれてるのはわかる。
 だけど、抱かれたいって思うんだよ。
 女のあたしがそんな風に思うのはおかしいかもしれない

けど。
「……なんで?」
「ん? なにがだ?」
「なんで抱かないの?」
　こんなことを口にするなんて、あたしだって自分がはずかしい。
　だけど、聞かずにはいられない。
　もう限界だったから。
　俊平はあたしの問いにはすぐに答えてくれなくて、沈黙が続いた。
　こんなはずかしいこと、聞かなかった方がよかったと思いかけた頃、俊平は腕枕をしてくれている腕をあたしから引きぬいた。
　そして、上からあたしを見おろしてくる。
　じっとあたしを見おろす俊平の瞳が、少しだけいつもと違う気がした。
「我慢してやってたのに……お前のことめちゃくちゃにしても俺のせいじゃねぇからな」
　そう言った俊平の瞳は、まるで獲物を捕らえた動物のようだ。
「うん、いいよ。めちゃくちゃにして」
　あたしがそう言うと、俊平の顔が下りてきて唇が重なった。
　いきなりの激しいキスに、あたしは胸がギュッてなるのを感じた。
　キスをしながら俊平の手はあたしの体をまさぐる。

あたしは俊平の動きだけに集中していた。
ときどきあたしの体がビクンとなるたび、俊平が確認するかのようにあたしの顔を見てくる。
「怖くねぇか？」
俊平のそのひと言で、いままであたしを抱かなかった理由がわかった。
俊平はあたしが初めてだって知っているから、怖くないか気にしてくれてるんだ。
前に襲われかけたことで、トラウマになってたこともあったから。
あたしは俊平の優しい気遣いがうれしかった。
めちゃくちゃにするかもしれないとか言っていたくせに、優しくしてくれる。
「うん、大丈夫。もっとして……」
「お前、マジ覚悟しとけよ」
そう言った俊平は、いままでの優しく撫でるような動きをやめて確実にあたしに快感を与えようとしてくる。
そのせいで、あたしの口からは甘い声が勝手に出てしまう。
部屋にはあたしの声と俊平のちょっと荒くなった息づかいが聞こえていた。
あたしの体に快感を与えていた俊平はあたしの足を抱きかかえる。
「いくぞ？」
あたしは俊平の言葉にうなずいた。
そして、快感とは別の感覚が襲ってきた。

「力抜け」
　そう言われ体の力を全部抜く。
　俊平は顔をしかめながら、あたしの中へと入ってきた。
「雫、好きだ」
　痛みを感じていたあたしの耳に俊平のかすれた声が届く。
　あたしは俊平に手を伸ばし、俊平の首に手を回した。
　すると、俊平はあたしにキスをくれた。
　初めては痛いとか聞くけど、痛みを感じるより胸がキュンってなった。
　俊平が好きだって心の底から思う。
　あたしの目からはうれしくて涙が流れてきていた。
「痛ぇか？」
　それに気づいた俊平は動きを止め、優しく聞いてくれる。
「ううん。幸せだって思っただけ」
「お前かわいすぎ。もう優しくできそうにねぇわ」
　そう言った俊平は、さっきより動きを速める。
　あたしは必死に俊平の愛を取りこぼさないようにしていた。
　痛みなんかより、愛を感じていた。

　行為が終わると、俊平は腕枕をして優しく抱きしめてくれる。
「初めてなのに無理させたな」
「無理なんかしてない」
　そう言って、俊平にこれでもかってくらい擦りよった。

俊平はそれに応えるように腕に力を入れる。
「体辛くねぇか？」
「こうしてたら大丈夫」
「お前、どこで覚えたんだよ？」
　あたしの頭を撫でながら俊平が優しい声で聞いてくる。
　それが気持ちよくて眠ってしまいそうになりながらあたしも口を開く。
「なにが？」
「そんなかわいい甘え方」
　俊平はそう言って、あたしのおでこにチュッと音を立ててキスをする。
　あたしが甘えているから甘いのか……、あたしには俊平の優しさがすごく甘く感じられた。

　いつの間にか俊平の腕に包まれ眠ってしまっていたあたしは、重さを感じて目を覚ました。
　その重さの犯人は俊平で、あたしの腰に俊平の足が乗せられていた。
　あたしは俊平を起こさないように、その足をそっと動かそうとする。
「ん？　どした？」
　薄目をあけ、寝ぼけた声を出す俊平。
　どうやら起こしてしまったらしい。
「ちょっと重かったから」
「ん」

そう言って俊平は足をどけてくれ、あたしを抱きしめる腕に力を入れた。
「まだ寝るの？」
「いま何時？」
「わかんない」
　部屋に時計なんて置かれていないし、スマホはソファに置いてある鞄の中。
「もうちょいこのままにしてろ」
「うん」
「あとで一緒に風呂入るか？」
　俊平はまだ眠たいようで目を閉じたまま話してる。
「え、いいけど」
「けど、なんだよ？」
「誰かとお風呂入るの、久しぶりだなと思って」
　そう言うと俊平は目をあけ、あたしを睨むように見てきた。
「誰と入ったんだよ」
「え？　お風呂？」
「ああ」
「お祖母ちゃん。って言っても小学生のときの話だけど」
　そう答えると、俊平はあたしの耳をパクッと食べようとしてきた。
　そのせいか体にゾクゾクとした感覚が走る。
「ん？　お前、耳感じんのかよ」
　あたしの耳をさんざん弄(もてあそ)んできた俊平は、そう言って声を上げて笑ってる。

さっきまで眠たそうだった俊平はもう完全に目覚めてしまったらしい。
　あたしは俊平から解放された耳を押さえて俊平を睨みつけた。
「なんだよ、その目は」
「べつに」
「べつに、なんだよ」
「耳感じたらおかしい？」
　寝起きで声を出して笑うほどおかしいのかな。
「おかしくねぇよ。俺が笑ったのはお前が感じててうれしいからだ」
「うれしいの？」
「ああ、男は好きな女は最高に感じさせてぇもんなんだよ。でもお前昨日初めてだったから、そこまで気持ちよくなかったろ？」
「気持ちよかったよ？」
　たしかに痛みもあったけど、あたしは俊平に触れられるだけで心地いい。
「いまからリベンジだ。最高に気持ちよくしてやる」
　そう言った俊平の手があたしのおしりを撫ではじめた。
「えー、お風呂は？」
「あとだ」
「バイクは？」
「今度な。今日は部屋から出れると思うな」
　撫でている手はあたしのいろんなところへと移動してい

く。
「バイク乗りたかったのに」
「昨日誘ってきたお前が悪い」
　腕枕をしてくれていた腕も体を撫でていた手も止めて、あたしの顔の横に両手をつき俊平は上からあたしを見おろしてきた。
「今日は誘ってないのに」
「一度抱いちまったら止まらなくなるに決まってんだろ。我慢なんかできねぇ」
　そう言った俊平の声は切羽詰まってるように聞こえてきた。
　そして唇を重ねてきた俊平を受けいれた。
　いまが朝なのか昼なのかもわからなかったけど、時間も気にせず抱きあった。

　この日からあたしは家に帰らなくなり、ずっと俊平の家にいるようになった。
　何度も抱きあって、お腹がすけば外へ出てご飯を食べる。
　あとはカズキさんから連絡が来て、下のクラブに行ったりもしたけど、それ以外はほとんど抱きあっていた。
　きっと俊平はあたしを抱くことに、あたしは俊平と一緒にいることに依存しはじめていたんだと思う。
　お風呂すら一緒で、いままでずっと感じていた寂しさも忘れて楽しく過ごした。
　ずっとずっと続けばいいと、本気で思っていた。

いつものように抱きあったあと、まだベッドの上で息を整えているときだった。
　テーブルの上に置いている俊平のスマホが音を立てた。
　俊平はベッドから起きあがり「どうせカズキだ」なんて言いながら電話に出る。
　あたしもベッドから起きあがり、なんの恥じらいもなく裸のまま冷蔵庫にお水を取りに行った。
　俊平はそんなあたしをチラチラ見ながら、小声で話をしている。
　まあ、カズキさんからかかってくる電話は、クラブでトラブルが起きたとか、ロクなことじゃないから、あたしには聞かれたくないのか小声で話したりすることもあったんだけど……。
　今日はそれが理由で小声で話してるんじゃないと思った。
　だってかすかに、俊平の口からマミさんの名前が聞こえたから。
　あたしはお水を飲み終えると、俊平へと視線を向けた。
　それにすぐに気づいた俊平は電話を終わらせる。
「俺にも水くれ」
　そう言われ、あたしは自分の飲んだあとのお水を持って、俊平の隣へ行った。
　あたしからお水を受けとり、体に流しこんだ俊平は、あたしの目を見ずにため息をつく。
「なにかあった？」
　あたしは俊平ならちゃんと説明してくれると思っていた。

「なんもねぇ。カズキがちょっと顔出せってうるせぇから出かけてくる」
　確証はないけど、嘘だと思った。
　それなのに、それ以上は突っこめなかった。

　俊平はシャワーを浴び、支度を済ませ出かけて行った。
　久しぶりにひとりになったあたしは、ベッドの上でただ俊平の帰りを待つ。
　あたしはいつの間にか眠ってしまっていて、俊平が帰ってきた音で目が覚めた。
　俊平はすぐさまベッドまで来て腰をおろす。
「寝てたのか？」
「うん、そうみたい」
「着替えて俺も寝るか」
　そう言って、俊平は立ちあがり着替えに行く。
　あたしは、このとき俊平になにかあったなんて考えもしなかった。
　ただ、帰ってきてくれたことがうれしかった。
　それに、帰ってすぐにあたしの元へ来てくれたことがうれしかった。

別れてくれるか？

　ひとりで出かけていったあの日から、俊平は少し変わった。
　夜に、『カズキに呼ばれた』と言って、出かけていくようになった。
　これまでならあたしも一緒に連れていってくれたのに、それがない。
　それに、あたしを抱く回数が減った。
　もしかしたら、もうあたしの体に飽きてしまったのかもしれないけど。
　ほかにも俊平に対して、いままでにない違和感を感じることが多くなった。
　言葉にはできないけど、よく考えごとをしていたり辛そうな表情をしていたり……。
　最初のうちはどうかしたのか聞いていたけど、なにもないとしか答えてくれなくて、もう聞くことをやめた。
　そんな俊平のそばにいて、あたしが不安にならないわけがない。
　その不安が少しずつあたしにも変化を与えていった。
　俊平のことばかり考えていて苦しい。

　ある日、俊平がお風呂に入っている間に、あたしが食事の用意をしていると、入り口の扉を激しくノックする音が聞こえてきた。

あたしはコンロの火を消し、入り口の扉を開けに行った。
　誰か来るなんて珍しい。
　誰だろうと思いながら扉を開けると、女の人が立っている。
　金髪に近い髪……。ばっちり施されたギャルメイク。
　女の人はあたしが出たことに一瞬だけ驚くと、すぐに睨みつけてきた。
　あたしも負けじと女の人を睨み返す。
「ここへは絶対に来るなって言うからおかしいと思ってたら、そういうことか……一緒に住んでんの？」
「…………」
　睨み返すのにいっぱいいっぱいで言葉が出てこない。
　なのに女の人はあたしを押しのけるように部屋に入ってくる。
　そして、部屋を見わたしてふたたびあたしを睨みつける。
「シュンは？　いる？」
「シャワー浴びてるけど」
「そう、まあいいや。代わりに相手してよ」
　そう言って、女の人はソファに腰をおろす。
　あたしは扉を閉め、女の人の前へ立った。
「名前は？」
「雫」
「あたしはマミ」
「知ってる」
　忘れるわけがない。
　俊平があたしより優先させたこの人を。

「シュンから聞いたの?」
「うん」
「じゃあ、どういう関係かも聞いてるの?」
「聞いてる」
　俊平の昔付き合っていた彼女の妹だって、ちゃんと教えてくれた。
「自分だけ幸せになろうなんて絶対許さない!」
　いままでの言い方と違い、怒りがこもったようにマミさんは言った。
「シュンの人生もめちゃくちゃにしてやる」
　そう言って、テーブルの上に置いてあった雑誌をあたしにめがけて投げてきた。
　雑誌は勢いよくあたしの胸にぶつかった。
「いたっ」
「シュンに殺されたお姉ちゃんの痛みは、そんなものじゃない」
　えっ? 俊平に殺された……?
　たしか事故で亡くなったって聞いたけど。
　雑誌が当たった痛みよりもマミさんの言葉が気になった。
　ナオさんがいなくなって苦しんできた俊平が殺したとは思えない。
　だけど、目に涙を溜めながらあたしを睨んでくるマミさんが、でたらめを言っているとも思えない。
「お姉ちゃんはね、シュンのせいで死んだんだよ! シュンが総長なんかしてるから」

ポロポロ涙を流しだしたマミさんを見て、この人も辛い思いをしてるんだと思った。
　だけどあたしは、優しい言葉のかけ方を知らない。
　それどころか、本当は目の前で泣いている人のことより自分のことを考えていた。
「……マミ？」
　お風呂から出てきた俊平は、マミさんの存在に気づいて名前を呼んだ。
「お前、ここでなにしてんだ？」
「……許さない！　自分だけお姉ちゃんを忘れて幸せになろうなんて、許さないから！」
　マミさんは俊平に向かって泣きじゃくってそう言った。
　あたしは俊平をじっと見ていたけど、俊平はあたしのことを見ずにそのままマミさんの頭を撫でる。
　嫌だ……。
　あたしの目の前でそんなことしないで！
　そう思っても、俊平があたしを見てくれないから言葉にできない。
「わかってる！　ナオは俺のせいで死んだんだからな」
「だったらなんでっ……！」
　俊平はなにも言い返すことができないのか、辛そうな顔をして、ただマミさんを見ていた。
　マミさんは次から次へと涙を流していて、これ以上はもう言葉にならないみたいだ。
　あたしは、ふたりをただ黙って見ていた。

まるで映画でも見ているかのようで、現実じゃなくて夢の中の気分……。
　しばらくしてマミさんが落ち着くと、俊平はマミさんを送っていくと言いだした。
　俊平はマミさんの腕をつかんであたしの前を通りすぎる。
「……行かないで」
　あたしは我慢しきれずそう言ってしまう。
　俊平を困らせることはわかってる。
　だけど、嫌なものは嫌で、我慢してしまえばあたしはまた本当の気持ちを口にできない人間になってしまう。
「……悪いな。すぐ戻る」
　俊平はあたしの顔を見ずにそう言うと、マミさんと出ていってしまった。
　ドアの閉まる音とともにあたしの瞳から止めどなく涙が溢れてくる。
　俊平は、またあたしよりマミさんを優先させた。
　いや、マミさんじゃなくナオさんかもしれないけど。
　前にあたしを優先してくれると約束してくれたのに、俊平はその約束を破ったんだ。
　これを裏切りと言うのかはわからないけど、あたしは裏切られたと思った。
　心底信じていた俊平に裏切られたんだ。
　あたしはご飯の支度途中だったことも忘れ、ベッドにうずくまり泣きつづけた。
　しばらくすると俊平が帰ってきて、あたしのいるベッド

へ来て座る。
　背中を向けているあたしには俊平の表情は見えないから、なにを考えているのかはわからないけど、タバコに火をつけたのが音と匂いでわかった。
　俊平はため息なのかタバコの煙を吐きだしてるのか、深い息を吐く。
「⋯⋯雫」
「⋯⋯⋯⋯⋯⋯」
　俊平に名前を呼ばれてもあたしは返事をしなかった。
　部屋には俊平のタバコを吸う息づかいと、あたしのすすり泣く声だけが聞こえる。
「⋯⋯別れてくれるか？」
　このたったひと言であたしの涙はまた止めどなく流れてきた。
　あたしがこんなに泣いていても、俊平の腕があたしに伸びてくることはない。
　さっきマミさんに伸ばされた俊平の手は、あたしにはもう伸ばされることはないんだ。
「俺も最近まで知らなかったけど、ナオが死んだのは俺のせいなんだ」
「⋯⋯⋯⋯⋯⋯」
「俺が総長やってたせいで怨みを買って、ナオがレイプされた」
　聞きたくないのに、俊平は話を続けていく。
「俺から離れたのは、自分が汚れたから俺のそばにいれねぇっ

て思ったらしい。それでアイツは俺の前から姿を消した」
　俊平がナオさんのことをアイツって呼んだ。
　あたしが嫌がるって知っているのに。
「なのに俺はなにも知らねぇで、ナオのこと探しもしなかった。たぶんアイツは俺に探してほしかったんだと思う。だからアイツはトラックに自ら突っこんで自殺したんだ」
　自殺？　事故だって聞かされていたけど本当は自殺だったんだ。
「ナオが俺を恨んでたかはもうわからねぇ。だけど、マミは俺を許せねぇって言う……。俺も自分が許せねぇんだ」
　だからあたしと別れるの？
　マミさんが言ったように、自分が幸せになることが許せないの？
　だけど、だけど、あたしには俊平しかいない。
「……別れたくない」
　どんな理由があろうと俊平と別れるなんて嫌。
　俊平があたしといれば苦しむのはわかってる。
　それでも、あたしは俊平と別れたくない。
「ごめんな」
　あたしは大声を出して泣きじゃくった。
　こんなに残酷なことをほかに知らない。
　だけど、その残酷さしかいまの自分には残されていないんだ。
「しばらくここには帰らねぇから、好きに使え」
　最後にそう言って、俊平は部屋を出ていった。

外は木枯らしが吹き、寒い冬がはじまろうとしている頃だった。

　それからあたしはなにもする気にも考える気にもなれず、ただボーッと死んでいるかのような数日を過ごした。
　いつまでたっても俊平は帰ってきてくれない。
　作りかけていた料理はいつの間にか腐っていた。
　このまま死ぬのもいいかなと思う。
　俊平がいないなら、生きている意味もないから。
　死んだら、あたしも少しは俊平の心に残る？
　どんな形でも俊平の心をつかんで離さないナオさんが、うらやましい。
　ナオさんはきっと命を捨てることで俊平の心を自分のものにしたかったんだ。

　俊平が出ていってから何日たったかわからないけど、ある日扉の開く音が聞こえた。
「俊平!?」
　俊平が帰ってきたんだ。
　あたしのことが心配で戻ってきてくれたのか、あたしが大切だと思って戻ってきてくれたのかはわからない。
　だけど、俊平が戻ってきてくれたんだ。
　あたしはベッドから起きあがり、入り口へと向かおうとした。
　だけど何日も食べ物を口にしていなかったあたしは、ひ

どい立ちくらみに襲われた。
「おい！　大丈夫か！」
　そう言って、あたしに駆けよってきてくれた俊平は、あたしを抱きかかえてふたたびベッドへと戻った。
「アンタ、ちゃんとメシ食ってんのか？」
　うっすら目をあけ、抱きかかえてくれた人の顔を見る。
　……タクミさん？
　俊平じゃないとわかると、なぜだか涙が出てきた。
　タクミさんはそんなあたしの頭に手を伸ばし優しく撫でてくれる。
　俊平が伸ばしてくれなかった手を、別の人が差しのべてくれた。
「大丈夫か？　なにか食い物持って来させるから待ってろ」
　タクミさんはそう言って、誰かに電話をかける。
「シュンさんといいアンタといい、マジで死ぬつもりか？」
「…………」
「シュンさんが荒れてる。現役の頃でも、ここまで荒れたことねぇくらいに」
　そんなことを聞いても切ないだけだよ。
　いまはまだ俊平の話を聞ける余裕なんてない。
「アンタ、止めてくれねぇか？　このままじゃシュンさんマジで死んじまう」
「……できない」
　あたしには俊平を止めることなんてできない。
　俊平がどう荒れているのかはわからないけど、わざとだ

と思う。
　あたしがこのまま死んでもいいかなと思って、ご飯を食べなかったのと同じ。
「シュンさんが死んでもいいのかよ?」
　あたしは声を出さずにうなずいた。
　だってもう俊平と一緒にいられないんだったら、俊平が死んでも変わらない。
　好きな人の幸せを願えるほど、あたしはできた人間じゃない。
　タクミさんはそれ以上なにも言わずに、あたしに食べさせようとした。
　だけどなにを食べても吐きだしてしまって、飲み物以外は喉を通らなかった。
　それでも、タクミさんは少しでも食べれるように何度も繰り返してあたしの口へと食べ物を運んだ。

　時間の感覚を失っていたけど、タクミさんがそれから何日もあたしのそばについていてくれてるのはわかった。
　だけど、ただご飯を食べろと言われるだけで俊平の話をされることもなかった。
　さらにときがたっても、タクミさんはずっとあたしのそばにいてくれた。
　出かけても、すぐに戻ってきてくれて、あたしのそばにいてくれる。
　タクミさんはただあたしのことを心配して離れられない

だけだろうけど、それでもタクミさんがいてくれたからあたしは死なずにすんだ。
　あたしはちょっとずつ食事ができるようになってきていた。
　そして、とうとうこの部屋を出る決断をした。
　ここは俊平との思い出がいっぱいで、これ以上なにかを期待してここにいても辛いだけだから。
　部屋を出ることをタクミさんに告げた。
「いままでありがとう」
「最後みてぇな言い方すんな。なにかあったらいつでも電話してこい」
「うん」
「ちゃんとメシだけは食えよ」
「そればっかり」
　タクミさんには本当に、ご飯を食べろと言われた記憶しかない。
「アンタが食わねぇからだろ」
「そうだね」
　あたしはタクミさんにバイクで家まで送ってもらった。
　俊平に自分以外のバイクに乗るなって言われたことを思い出す。
　今さら、気にする必要もないのに。

　久しぶりに帰ってきた自分の部屋は、以前となにも変わっていなかった。

あたしはまたここでひとりで暮らしていくんだ。
　ひとりぼっちに戻ったんだと思ったら、どうしようもなく寂しくなった。
　俊平と出会う前なら、ここまでひとりぼっちが嫌だとは思わなかっただろうな。
　なのに俊平に出会ってしまったから……。
　出会わなかったらよかったのかもしれない。
　そうしたらここまで寂しく思うこともなかった。
　だけど、俊平と出会えたことは奇跡だと思ったんだ。
　一生ひとりぼっちだと思っていたあたしの人生に、奇跡が起こったんだと本気で思ったんだ。

マジほっとけねぇわ

　自分の家に戻っても、考えるのは俊平のことばかりだった。
　会いたいと思うわけじゃない。
　ただ、俊平があたしの中に居すわっているみたいに、心の中は俊平だけ。
　だけど、そんなあたしの頭の中にタクミさんのあの言葉だけは浮かんできた。
　ずっと言われていた、『メシだけは食え』というあの言葉だけは……。
　あたしは重い体を起こしてキッチンへと向かい、冷蔵庫をあける。
　でも久しぶりに帰ってきた家に、食べ物があるわけがなかった。
　あたしはふたたびベッドへと戻って横になる。
　今日だけはもうなにも食べずに寝よう。
　買いに行く気力も残っていない。

　ベッドに横になって何時間過ぎただろう。
　ふと時計を見ると、夜の11時をまわっている。
　いくら瞼を閉じても眠れない。
　昨日は普通に眠れたのに。
　タクミさんが自分の子どもの頃の話をしてくれて、いつの間にか眠っていた。

一昨日はタクミさんのお母さんの話を聞きながら眠った。
　その前は、タクミさんの趣味のバイクの話を聞きながら眠りについた。
　どれも興味のある話だったわけじゃないけど、誰かの話し声を聞きながら眠ることの安らぎを知った。
　あたしはひとりで眠ることもできなくなってしまったのかもしれない。
　だけど、今日からはひとりで眠るしかない。
　ずっと一緒に眠っていた俊平も、昨日までいてくれたタクミさんもいないんだから。
　眠れずにいるとあたしのスマホが鳴った。
　一瞬だけ俊平からかもしれないと期待した。
　でも、電話の相手はさっき番号を交換したばかりのタクミさんからだった。
「もしもし」
『寝てたか？』
「起きてた」
　そう言うと、タクミさんは自分の話をしだした。
　あたしを送ってくれたあと遊びに行っていたみたいで、その話だった。
『まだ眠くならねぇか？』
　しばらく話を続けてたタクミさんが聞いてきた。
　あたしが眠れるように話をしてくれているのはわかってた。
　だけど、今日は眠れそうにない。

「うん」
『今日、ちゃんとメシ食ったか?』
「食べてない」
『だから眠れねぇんだろ』
　ご飯食べてないから眠れないってどう関係があるんだろう。
　べつにお腹が減っているっていう感覚もない。
『あれだけちゃんと食えって言ったのに』
「うん。だから食べようとしたけど、家になにもなかったから」
『いまから買って持っていくから待ってろ』
　えっ?　いまから来るの?
　タクミさんはそう言って電話を切った。
　そして、30分ほどでコンビニの袋を3つもかかえてやってきた。
「本当に来たんだ」
「行くって言っただろ」
「うん」
「じゃあ、ちゃんと食えよ?　あとで電話して確認するから」
　玄関にドサッと袋をおろしてタクミさんは帰ろうとする。
　でも、電話で確認するくらいならここにいて見ていればいいのに。
　べつに嘘はつかないけど、電話だったら本当に食べたかわからないよね。

「上がってく?」
「えっ?」
「ちゃんと食べたか見て確認すれば?」
「上がっても大丈夫なのかよ?」
「うん。大丈夫」
　あたしはタクミさんを家の中に招きいれた。
　コンビニの袋の中を見ると飲み物まで買ってきてくれていて、気が利く人はやっぱり違うと思った。
「すごい量」
　袋の中はとてもじゃないけど、あたしひとりで食べられる量じゃない。
「タクミさんも一緒に食べる?」
「俺は牛丼の特盛り食ってきたから、もう食えねぇよ」
　そういえば、さっきの電話で言ってたっけ?
「じゃあ、起きたらまた一緒に食べよう」
「アンタ、ちゃんと考えて話してる?」
「えっ?　なにが?」
「起きたら一緒に食うってことは、アンタの中で俺が泊まることになってるのか?」
　昨日までずっと一緒だったからつい言ってしまったけど。
　そうだよね。
　タクミさんは食べ物を持ってきてくれただけで、泊まるなんてひと言も言っていない。
「なにも考えてなかった」
「だろうな」

あたしは袋からおにぎりをひとつ取り出して食べ始めた。
「あたしこれだけしか食べれないから持って帰る？」
「……アンタさぁ、マジほっとけねぇわ。そんな顔して食うなよ」
　あたしはどんな顔をして食事をしてるんだろう。
　自分ではわからない。
　だけど、食べ終わったらタクミさんが帰ってしまうと思ったら悲しかった。
　ひとりになりたくないと思った。
「しばらくそばにいてやろうか？」
「えっ？」
「アンタが元気になるまで」
「いいの？」
　タクミさんにとったら迷惑なことでしかないだろうけど、それでもあたしはひとりになりたくなかった。
　タクミさんの優しさがあたしの唯一の命綱だった。
「俺も心配で帰れねぇよ」
「うん」
　同情でもいいから、そばにいてほしい。

　こうして、あたしとタクミさんの同居生活が始まった。
　タクミさんはよく出かけて行くけど、それでも寝る時間になれば帰ってきてくれる。
　そして、ただいまと言う代わりにかならずちゃんとご飯

を食べたか聞いてくる。
　あたしが食べたと答えると、大きな手であたしの頭を撫でる。
　兄弟がいないあたしにはあまりわからないけど、タクミさんはあたしにとって兄みたいな存在なんじゃないかと思う。
　タクミさんもあたしに同情してはいるけど、女としては意識していない。
　同じ部屋で、しかも布団なんてないからあたしのベッドで一緒に寝ていてもなにもない。
　だけど、あたしにはそれがおかしいのかさえわからない。
　ただ、いまは深く考えたくなかった。
　タクミさんまで失いたくなかったから……。

「明日連合の大きな集まりがあって2、3日帰れねぇんだけど一緒に来るか？」
「えっ？」
　タクミさんは、椿連合の総長をしているんだった。
　あたしにはそんなことを感じさせないくらい優しいから、忘れていた。
「明日大晦日(おおみそか)だろ？　みんなで集まって年越しして、そのあと飲んだくれるだけだけどな」
　毎日何も考えず時間をすごしていたあたしは、明日で今年が終わることにいま気づいた。
「あたしはいいよ」
　人が多いところはあまり好きじゃないし。

それに椿連合の集まりってことは、もしかしたら……。
「心配しなくてもシュンさんは来ねぇよ。あの人はOBだからな。次のOB会に挨拶は行くけど」
　タクミさんは、いつもあたしの考えていることがわかるらしい。
　あたしが言葉にしなくてもわかってくれる。
「だから来いよ。ほかにも女来るから気が合うヤツとかいるかもしれねぇし」
　あまり乗り気にはなれないけど、タクミさんに言われて一緒に行くことにした。

　そして大晦日、繁華街の近くの椿連合のたまり場だという場所に連れてこられた。
　倉庫みたいなところをイメージしていたけど、事務所などが入っていそうな３階建ての小さなビルだった。
　タクミさんと中へ入っていくと視線を感じて、あたしはひたすら下を向いて歩く。
　そして２階へ行き、タクミさんと一緒にソファへと腰をおろす。
　そこでやっと周りに目を向けた。
　壁は落書きだらけで、目の前のテーブルにはタバコの吸殻が山盛りになった灰皿があった。
　あとは机やイスがあって、とてもじゃないけど落ち着けるようなところじゃない。
「うわっ！　ホントだ！　お兄ちゃんが女といる」

キョロキョロ見わたしていると、かわいい女の子が勢いよく入り口から入ってきた。
「ユウカ、お前うるさい」
「えー！　だって、お兄ちゃんが女連れてきたって聞いたから！」
　そう言いながら女の子はあたしの前に座った。
「はじめまして。あたしユウカっていいます！　よろしくお願いします！」
　そう言いながら差しだされた右手をしばらく見つめてから、タクミさんの顔を見た。
「コイツ俺の妹」
「嘘！」
「嘘じゃねぇよ」
　タクミさんに妹がいたって不思議じゃないのに、なんとなく勝手にひとりっ子だと思っていた。
　あたしも俊平もひとりっ子だったから。
「タクミさんの妹？」
　あたしは目の前に座るユウカと名乗った女の子の顔を見て聞いた。
「うん！　妹です」
　ユウカさんはそう言ってあたしに笑顔を向けてくる。
　あたしはユウカさんがずっと差しだしてくれている右手をゆっくりと握った。
「高野雫です」
「雫さん？　よろしくね！」

ユウカさんはそう言って、握った手を勢いよく上下に振った。
「ちょっとうるせぇけど、悪いヤツじゃねぇから」
　隣に座るタクミさんがそう言うと、ユウカさんは「うるさいは余計だよ」と言いながら笑っていた。
　兄妹ってこんな感じなのかなってちょっとうらやましい。
　あたしもタクミさんの妹だったら、ユウカさんみたいにかわいく笑えたのかな……？
「俺、ちょっと下行ってくるから、ユウカと話でもしてて」
「うん」
　タクミさんがそう言って出ていくと、ユウカさんが話しかけてきた。
「お兄ちゃんといつから付き合ってるんですか？　お兄ちゃん、総長の間は女作らないとか言ってたのに、雫さん美人だから惚れちゃったのかな？」
「あ、えっと、あたしたち付き合ってない」
「えー！　付き合ってないの？」
「うん」
「うそー！　付き合ってると思ってた！　だってお兄ちゃんが集まりに女の人連れてきたの、初めてだよ」
　ユウカさんは口に手を当てながら驚いている。
「うん、付き合ってないよ！　いろいろあってお世話になってるけど」
「あー、お兄ちゃん面倒見いいから！　うち５人兄弟なん

だけど、お兄ちゃん一番上だから、そのせいかな？」
　面倒見いいんだ。
　だから、あたしにこんなによくしてくれてるのかな？
　あたしはなにも考えないで、タクミさんの優しさに甘えていただけだった。
「うち、母親がずっと前に死んでさ。父親はダメ親父でお兄ちゃんが家族の面倒見てくれてるんだ！　総長なんかしてるけど、ホントに優しい人なんだよ」
　そういえば、タクミさんにお母さんの話を聞いたことがあった。
　小さい頃よく怒られたって言ってたけど、亡くなっているのは知らなかった。
　こんな話を笑顔でできるユウカさんはすごい。
　あたしだったら、こんな風には話せない。
　これもやっぱり、タクミさんみたいな優しいお兄さんがいるからなのかな？
　本当にうらやましいと思う。
「本当にタクミさんは優しすぎるね」
「でしょ？　総長の間は女作らないとか決めてるのも、彼女が危ない目にあわないためなんだって」
「そうなんだ」
　ナオさんのことをちょっと思い出した。
　ナオさんも俊平が総長だったから被害にあった。
　だから、タクミさんが女を作らないのはいいことなのかもしれない。

「でも、あたしはお兄ちゃんに彼女ができてほしいんだ」
「どうして？」
　ユウカさんはナオさんのことを知らないのかもしれないけど、あたしはナオさんのこと知ってるからタクミさんが正しいと思った。
「どうしてって、普通じゃない？　お兄ちゃんに幸せになってほしいって」
　『幸せになってほしい』か……。
　ユウカさんはあたしと考え方がまったく違う。
　というか、あたしにないものを持っている。
　思いやりっていうか、愛情っていうか。
　だからか人と話すのがあまり得意じゃないあたしでも、いまユウカさんと話していることは苦痛じゃない。
「ユウカさんも優しいね。タクミさんと同じだよ」
「普通だよ、あたしは！　それより雫さんはお兄ちゃんが好きなの？」
「えっ？」
「やっぱり違うのか！　なんとなくわかってたけどね！　お兄ちゃんのことが好きな人は、あたしにお兄ちゃんのこと質問責めしてくるの。本人に聞いてってくらい」
　こう言いながらもユウカさんの表情は優しくて、ユウカさんも優しい人だと思う。
　ふたりで話しているとタクミさんが戻ってきた。
「あ、お兄ちゃんおかえり！　お兄ちゃんがいない間に、雫さんと仲よくなっちゃった」

タクミさんは黙ってあたしの横へと座り、あたしを見る。
「ホントか？」
「うん！　ユウカさんと話せて楽しかった」
「そっか！　そりゃよかった」
　タクミさんに優しい笑顔を向けられて、ユウカさんと本当に兄妹なんだと思った。
　優しい表情が本当によく似ている。
「ん？　ジロジロ見てどうした？」
「うん、兄妹っていいなって」
「俺にしたら雫も妹と変わらねぇ」
「えっ？」
「雫も妹みたいなもんだ」
　うれしいと思った。
　あたしもタクミさんの妹になりたいと思っていたから。
　だって、妹だったらずっと一緒にいられる。
　別れなんてこない関係がいい。
　もう、ひとりは嫌だよ……。

お前がストッパーになってる

　しばらく3人で楽しく話していた。
　ユウカさんは本当に話しやすくて、今度遊ぶ約束もした。
　遊ぶ約束なんてしたの初めてでなんだかうれしいけど、ちょっと不安も感じる。
「あ！　そうだ！　昨日シュンさんに会った」
　えっ？　シュンさんって俊平だよね？
　あたしと俊平の関係を知らないユウカさんが唐突に言った。
「なにかやくざみたいな人と一緒だったから、声かけられなかったけど」
「そりゃ、やくざと一緒にいてもおかしくねぇだろ」
　タクミさんはなにも知らないユウカさんに向かってすぐにそう流してくれた。
　タクミさんといれば、俊平の名前をこうやって耳にしてしまうことが、これからもあるかもしれない。
　だけどまだ、自分の口から俊平の名前を出すことはできない。
　タクミさんが話を流してくれたおかげで、それ以上俊平の話が出ることはなかった。
　そこに、椿連合の人たち数人が部屋に入ってきて紹介された。
　中には見たことのある人もいる。

たぶん、俊平と一緒に繁華街で遊んでいたときとかに見たことあるんだと思う。
　相手の人たちももしかしたらそのことに気づいているかもしれないけど、誰もそれを口に出して確かめたりしてこなかった。
　どうしてなのかはわからないけど、あたしにはそれが心地よかった。
「そろそろ下行くか」
　タクミさんのひと言でみんなで下へ行くと、来たときにはなかったテーブルの上に食べ物が並べられていた。
「ちゃんと食べろよ」
　隣に立つタクミさんは、またあたしに『食べろ』と言ってきた。
「うん！　毎日ちゃんと食べてるよ」
「たしかに！　ちょっと太ったよな」
「太ってないよ！　この間までが食べてなくて痩せてただけ！」
　もともと食べることに執着しないタイプだから、あまり太ってはいないと思う。
「自分でわかってんなら、毎日ちゃんと食べろよ」
「わかったよ」
　タクミさんがどうしてここまで食べろって言うのか、あたしはまだ知らなかった。
　ただ心配してくれていたんだと思っていた。
　みんなで食べて飲んで、いつの間にか新しい年を迎えて

いた。
　こんな風に大勢で新年を迎えたのははじめてだった。
　あたしも少しだけお酒を飲んでいて、眠たくなってきていた。
「眠いか？」
「うん」
「じゃ、寝にいくか」
　そう言ったタクミさんと３階へと上がった。
　３階へ行くと、ベッドがあって寝られるようになってた。
「ここは俺専用だから、気にせず寝れるだろ」
「タクミさん専用？」
「そう。２階は幹部専用。３階は俺専用」
　タクミさんはそう教えてくれたけど、ひとつだけ気になることがあった。
「ユウカさんも幹部？」
　だって、さっきユウカさんは２階であたしたちと一緒にいた。
　２階が幹部専用ならユウカさんも幹部ってことだよね？
「ユウカはちげぇよ。妹だから特別。椿連合に女はいねぇよ。下にいたヤツらも椿連合の連中の女とか適当に連れられてきてただけ」
「じゃ、あたしも特別？　２階にも３階にも入ったし」
「だな。超特別だな」
　妹みたいなもんだと言ってくれたのは本気だったんだ。
　そう思えてうれしかった。

「今日連れてきてよかったよ」
「なんで？」
「雫の明るい顔、久しぶりに見た」
「タクミさんのおかげだよ」
　タクミさんがいなかったら、あたしはきっと死んでいた。
　べつに死ぬことはなんとも思わないけど、それでもタクミさんに繋がれた命を大切にしようかと思う。
「感謝しろよ？　ほら、寝るぞ」
　先にベッドに横になっているタクミさんは酔っぱらっているのかいつもと少し違う。
　あたしはタクミさんの横へと寝転ぶ。
　隣で寝ることにも、もう慣れた。
「タクミさん、ありがとう」
　あたしがそう言うと、タクミさんの腕が伸びてきてギュッと抱きよせられた。
「タクミさん、お酒くさいよ」
　それに呼吸もいつもより荒くて、心臓の音も聞こえてくる。
　かなり飲んでたから仕方ないんだろうけど、タクミさんはすぐに寝息を立てて寝てしまった。
　いまごろ俊平はなにをしてるだろう？
　久しぶりに俊平の名前を聞いたせいか、俊平のことを思い出してしまう。
　本当は毎日俊平のことを思い出しては胸が苦しくなって、泣きたくなる。
　だけど、その気持ちを抑えて、俊平を忘れなきゃいけな

いんだ……。
　あたしはタクミさんの横で俊平のことを思って眠れずにいた。

　あっという間にお正月は過ぎて、あたしはタクミさんについて椿連合の集まりに顔を出すようになった。
　今日はユウカさんとショッピングの約束をしている。
「なに悩んでんだよ？　まるではじめてデート行くみたいだな」
　全身鏡の前で着ていく服を選んでいるあたしに向かってタクミさんが言う。
　女の子と出かけたことなんてないから、どんな格好で行けばいいかわからない。
　さんざん悩んだあたしは、いつもとあまり変わらない格好で家を出た。
　待ちあわせした駅に、ユウカさんは先に到着していた。
「あ、雫さん！　こっちこっち」
　笑顔で手を振ってくれるユウカさんにドキッとする。
　正直、男の人とデートするより緊張する。
　いままで友達なんていなかったから、特別にうれしい。
　あたしたちは人気のショッピングビルに入って、ユウカさんがいつも行くお気に入りのお店やかわいい雑貨のあるお店で買い物をした。
　そしてショッピングに疲れてカフェに入ったときだった。
「あ、お兄ちゃんからメッセージ来てる」

席に座るなりユウカさんはスマホを見て、そう言いながらあたしに画面を見せてきた。
《あんま雫を連れまわすなよ》
　そう画面には表示されていた。
「もう連れまわしちゃったけどね？」
「そんなことないよ。楽しかった」
「でも雫さんなにも買ってないじゃん」
　かわいい服とか雑貨とかいろいろあったけど、買うまではいかなかった。
「うん。でも見てるだけで楽しかった」
「だよね！　服って見てるだけで楽しいよね？　だからあたし将来はショップ店員になるんだ」
　将来……。
　将来のことなんて考えたこともなかったあたしには、ユウカさんがすごくキラキラして見えた。
　学校も夏休み前から行っていないし、留年は確定かな？
　べつにあんな学校に未練なんかないから、留年でも退学でもいいんだけど、でも急に不安になってきた。
　あたしはこれからどうなるんだろうって……。
　少し前なら、ずっと俊平といたいって思っていた。
　俊平があたしの未来そのものだった。
　だけど、もうその未来はないんだ。
　でも、こうして生きていくってことはちゃんと将来を考えなきゃいけないよね……。
「こんな夢持てるようになったのも、シュンさんのおかげ

だよ」
　えっ？　俊平……？
「うちさ、母親がいなくて父親がダメ親父だって言ったことあるよね？」
「うん」
　はじめて会ったその日に笑顔で話してくれた。
　あたしはそんなことを笑顔で話せるユウカさんをすごいなって思ったんだ。
　だってあたしは母親のことも俊平のことも笑顔でなんて話せない。
　辛いことから逃げつづけてるんだ。
　そのことに気づけたのは、ユウカさんとタクミさんのおかげ。
「そのせいでうち超貧乏で、小学生の頃とか食事に困るくらいだったんだ」
　タクミさんがあたしにちゃんとご飯を食べろと言うのはもしかしたら、これが原因なのかもしれない。
「それでお兄ちゃんは学校行かずに働いてたけど、兄弟多いから全然足りなくて。で、あたしも高校進学あきらめて働こうと思ってたの」
　やっぱり今日もこんな話をしてるユウカさんの表情は全然辛そうじゃない。
「あたしバカだから、公立とか無理だしね。私立なんてお金かかるし絶対無理だってあきらめてた。だけど、シュンさんがあたしの受験料や学費をすべて出してくれたの」

それで俊平のおかげだって言ったんだ。
「ホントうれしかった。いまも高校行けてるのはシュンさんのおかげ。だから、あたしもシュンさんには借りを返さなきゃって思ってる」
　この話を聞いて、あたしはなんとなく不思議に思っていたことがわかった気がした。
　それはタクミさんがどうしてあたしに優しくしてくれるのか。
　タクミさんは面倒見がいいって言っていたけど、あたしにしてくれていることは面倒見がいい限度を超えてる。
　だけどこの話を聞いて、タクミさんもユウカさんと同じ気持ちなんだと思った。
　タクミさんは俊平に恩があるから、あたしに優しくしてくれるんだ。
　あたしを通して俊平に恩返しをしてるんだ。
　このあともユウカさんといろんな話をした。
　ちょうどカフェを出ようとしたとき、ユウカさんのスマホが鳴った。
「……えっ？　お兄ちゃんが？　……うん、わかった。とりあえずすぐ行く」
　ユウカさんは慌てた様子で電話を切る。
　あたしはそんなユウカさんを黙って見ていた。
「お兄ちゃんが喧嘩で怪我して病院に運ばれたって」
「えっ？」
　あたしたちは急いで病院へと向かった。

病院に着くと椿連合の幹部の人たちがいて、ユウカさんが状況をたずねる。
「ボコボコにやられてるけど、大丈夫だって」
　よかった……。
　大丈夫で、本当によかった。
「たぶん、銀桜(ぎんざくら)の仕業(しわざ)だと思う」
「銀桜って、シュンさんがつぶしたんじゃないの？」
　ユウカさんと幹部の人が話しているけど、あたしはいまいちわからず、ただ黙って聞いていた。
「ああ、でも最近銀桜を見たって言うヤツらがいて、誰かが復活させたんだと思う」
「それで銀桜をつぶした椿に復讐(ふくしゅう)ってわけ？」
「たぶんな」
　話を聞いていると、なんとなくだけどあたしにも理解できた。
　銀桜っていうチームを昔俊平がつぶして、その仕返しにタクミさんがやられたってこと？
「ユウカもしばらく気をつけろよ」
「うん」
　こんな会話を聞いていると、あたしはとんでもない世界にいるんだと思う。
　いままでいろんな話を聞いてきたけど、こんなに暴力を身近に感じたことはなかった。
　しばらくすると、タクミさんが処置室から出てきた。
　顔は傷だらけで腫(は)れあがっていて、頭には包帯が巻かれ

ている。
　ここまで来る間、ベッドに横になって起きあがれないくらいのもっとひどい姿を想像していた。
　だから、歩いて処置室から出てきたタクミさんを見て少し安心した。
「お兄ちゃん、大丈夫？」
「ああ、大丈夫だ。心配かけたな。雫も」
　そう言って傷だらけの顔をあたしに向けてくる。
　だけどあたしはタクミさんの顔をまともに見ることができなかった。
　怖かった。

　タクミさんは入院する必要もなかったみたいで、あたしとタクミさんは一緒にあたしの家へと帰ることになった。
「雫、どうした？　さっきからひと言も話さねぇで」
　あたしは黙ってタクミさんの顔を見る。
　でも、やっぱり痛々しくてまともに見れない。
「驚かせて悪かったな。今日はいきなりヤられたからこんな様だけど、心配すんな。俺強いから」
　タクミさんはそう言って、傷だらけの顔で笑ってる。
　あたしはその笑顔にすごく安心したんだ。

　タクミさんが怪我をしてから数日がたった。
　あたしは椿連合のメンバーじゃない立場だし、ユウカさんみたいに内部情報も知らない。

俊平が現役のときに付き合っていたのなら、もっと内情を知っていたかもしれないけど。
　あたしと出会ったとき、俊平はもう椿連合を引退していた。
　だからあたしには椿連合でなにが起こっているのかわからなかった。
　タクミさんは忙しそうにしていたけど、あたしはなにも知ることができなかった。
「なぁ……シュンさんのとこに戻る気ねぇの？」
　いきなりだった。
　一緒に寝るベッドの上で、タクミさんがはじめて俊平の話をしてきた。
「べつに戻れって言ってるわけじゃねぇけど、ホントんとこ、雫はどう思ってんのかなって」
　俊平のことは深く考えないようにしていた。
　逃げていて、タクミさんの優しさにただ甘えていた。
　いつまでもタクミさんに甘えていてはいけないってわかっているのに。
　でも、もう少しタクミさんと一緒にいたいと思ってしまう。
　ご飯も食べられるようになったし、笑えるようにもなった。
　もう、泣いて辛いだけだったあたしではない。
　あたしが元気になったら、タクミさんはいなくなるのもわかっている。
　だけど……。
「あたしは……」
「うん」

「ごめん……わからない」
　結局タクミさんの問いに答えることはできなかった。
「だけど、あたしと俊平はもう終わったんだ」
　あたしは、タクミさんがどうしていきなりこんなことを聞いてきたのか、まったくわかっていなかった。
「なぁ、雫」
「うん？」
「俺、総長になって、ぜってぇ女は作らねぇって決めてたんだ。なんでだかわかるか？」
　前にユウカさんに教えてもらった。
　彼女が危ない目にあってしまうかもしれないからだって。
「女を危ない目にあわせねぇっていうのもあるけど、大事なヤツがいたら、ここってときに無茶できなくなるだろ？　椿の総長にストッパーはいらねぇ」
　あたしはタクミさんの話を黙って聞いていた。
「なのに、いま、お前がストッパーになってる」
　えっ？　それってどういうこと？
「なに驚いてんだよ？」
「え、あ、なに？」
　あたしはこんな反応しかできなかった。
　だって、あたしがストッパーになってるってことは、タクミさんはあたしを大事だと思ってくれているわけで……。
　それって、どういうこと？
「『なに？』ってなんだよ？　俺はお前がすげぇ大事だってこと」

「う、うん」
「だから、お前がシュンさんといようがほかのヤツといようが、幸せならそれでいい」
　あたしには、やっぱりタクミさんの言っている意味がわからない。
　でも、あたしはそれを深く追求することはしなかった。
　だって、もしも……もしも……タクミさんがあたしを思っていてくれていたら、あたしはそれに応えられる自信がなかったから。

　翌朝、目覚めるとタクミさんはすでに家にはいなかった。
　こんなことはいままで何度もあったけど、寝る時間になっても帰ってこなかったことなんてない。
　あたしがひとりで眠れないことをわかってるタクミさんは、かならず寝るときには帰ってきて、あたしと一緒に寝てくれていた。
　なのに……その夜、タクミさんは帰ってきてはくれなかった。

幸せになれ

　朝方、タクミさんがいないせいで眠れずにいたあたしのスマホが鳴った。
　あたしはタクミさんからだと思って急いで電話に出る。
「もしもし！」
『雫さん？』
　電話はタクミさんではなく、ユウカさんからだった。
　こんな時間にユウカさんから電話がかかってきたことに、胸騒ぎがした。
『お兄ちゃんが……———』
　えっ？　タクミさんがどうしたの？
　電話の向こうで、ユウカさんは泣いているみたい……。
　だけど……はっきりと言っていた。
『お兄ちゃんが……死んだ』って。
　ユウカさんの話によると、タクミさんは警察署にいるらしくてあたしにも来るようにと場所を教えてくれた。
　だけど、あたしは家から出なかった。
　だって、タクミさんが死んだなんて嘘だよ。
　待っていたら帰ってきてくれる。
　そして、あたしに『メシ食ったか？』って聞いてくれるんだよ。
　だからあたしは待つんだ。
　それからあたしはひたすらタクミさんを待っていた。

何時間たったのかわからない。
　すると、インターホンが鳴ってあたしは急いで玄関のドアを開ける。
　タクミさんが帰ってきたんだと期待して開けたのに、立っていたのはユウカさんだった。
「雫さん！」
　ユウカさんはあたしの名前を呼ぶなり、抱きついてきて泣きだした。
　あたしは、そのままユウカさんと一緒に来ていた椿連合の人とタクミさんのところに行った。
　タクミさんはすでに警察署からお葬式をあげる式場へと移動されているそうだ。
　柩(ひつぎ)に眠るタクミさんのそばに座りこんであたしは、ただ夢であってと願う。
　おばあちゃんがいなくなったときも、こんな寒い日だった。
　もう、誰かの死んだ姿なんて見たくない。
　なのに……なのに……。
　あたしはひたすら柩のそばで黙って泣いていた。
「……雫？」
　後ろから名前を呼ばれたけど振り返る気力もない。
「なんで、お前がここに……」
　あたしは後ろで名前を呼ぶのが俊平だと気づいていたけど、答えることはしなかった。
　しばらく背中に視線を感じていたけど、少しするとそれも感じなくなったので、俊平は立ち去ったんだって思った。

お葬式はユウカさんと幹部の人たちが仕切って、無事に終わった。
　あたしはというと、ただずっとそこにいただけだった。
　幹部の人たちやカズキさんたちが何度かあたしに向かって『大丈夫か』って聞いてきてくれたけどなにも答えられない。
　だって、大丈夫じゃないよ。
　タクミさんが死んだんだよ？　もうタクミさんに会えないんだよ……。
　悲しすぎて、もう耐えられない。
　お葬式が終わり、火葬場まで一緒についていった。
「いやぁー！　あたしも一緒に死ぬ！　置いてかないで！」
　あたしは柩にすがりついてそう叫んでいた。
　タクミさんと一緒に焼かれてもいい。
　それなのに、それを止めたのは俊平だった。
　俊平はあたしを柩から離し、きつく抱きしめる。
「雫！」
「いやっ！　離して！　あたしも一緒に死ぬ！」
　抱きしめられたままあたしはそう叫びつづける。
　俊平はただあたしをきつく抱きしめて、なにも言わなかった。
　あたしは、俊平の腕の中で意識を失った。

　目覚めると、病院のベッドの上だった。
　……夢？

一瞬、夢だったのかと思った。
　だけど、あたしは点滴(てんてき)に繋がれていて、イスには俊平が座っている。
　夢じゃないんだ……。
　タクミさんのこと、夢じゃない……。
　夢じゃなかったんだとわかり、涙が溢れる。
　俊平はただ黙ってあたしに付きそってくれていた。
　気まずい再会のはずなのに、いまのあたしにはそんなことを感じる余裕すらなかった。
　ただ、タクミさんがいなくなってしまった悲しみや辛さだけしかない。
　点滴が終わったので、あたしは病院をあとにして俊平に連れられるまま知らないマンションへとやってきた。
「……ここは？」
「俺がいま住んでるとこ」
「えっ？」
　あたしの問いに答えた俊平は玄関の扉を閉め、あたしをきつく抱きしめる。
　あたしはただそれに身を任せた。
　そして、俊平に抱かれた……。

　まだベッドで息を整えているあたしを見おろしてくる俊平。
　あたしは俊平の顔を見られなくて視線をそらした。
「……雫」

俊平がかすれた声であたしの名前を呼ぶ。
　すると、体中が熱を持ったように熱くなった。
　だけど、心は冷えきっていた。
　あたしなにやってんだろ？
　流されて……こんなことしちゃうなんて。
「……会いたかった」
　俊平はそう言って、あたしの横に寝転んできた。
　だけど、あたしは起きあがると俊平に背を向け、脱がされた服を着た。
　背中に俊平の視線を感じる。
　それに気づかないふりをして立ちあがった。
「帰るのかよ？」
「うん」
「泊まっていけよ」
「帰ってご飯食べる」
　ご飯を食べなきゃ。
　元気でいなきゃ。
「腹減ってんのか？　なら、出前かなんか……」
「違うよ！　食欲なんかない。だけど、食べないといけないから」
　この２日間なにも食べてなかったけど、お腹はまったく減っていない。
　こんなことタクミさんが知ったら、しつこく食べろって言ってくるんだろうな。
「食べないといけねぇって？　どっか悪いのか？」

「ちゃんと食べないと、タクミさんが心配するから」
　あたしがそう言うと、俊平はもうなにも言わなかった。

　あたしは家に帰りちゃんとご飯を食べた。
　だけど、すぐに吐いてしまった。
　それから数日、あたしはちゃんとご飯は食べていたけど全部吐きだしてしまっていた。
　吐くのは苦しいけど、それでもちゃんと食べた。
　食べることがタクミさんのためにできる唯一のことだと思ったから。
　あたしは本当に最低な人間なんだ。
　自分でも自分が大嫌い。
　ホント嫌になる。
　あたしに優しくしてくれて、大事だって言ってくれたタクミさん。
　あたしはタクミさんに救ってもらった。
　タクミさんが、あたしのことを本当はどう思ってくれていたのかは、もう一生知ることはできない。
　ひとりの女として大事に思ってくれていたのか、今さら聞いても答えてくれるタクミさんはいなくなってしまった。
　俊平と別れて辛いときにそばにいてくれた優しい人。
　なのにあたしはそんなタクミさんのお葬式のあと、俊平に抱かれた。
　あたしはあのとき、本当は……俊平に会えてうれしかったんだ。

だからあたしは本当に最低なんだ。
　ホントにこんな自分なんか消えていなくなってしまいたい。

　お葬式からひと月くらいたった頃、突然、ユウカさんがあたしの家を訪ねてきた。
　ユウカさんとはお葬式の日以来会ってもいないし、連絡もとっていない。
　きっとユウカさんも大変だっただろうに、あたしは自分のことばかりではじめてできた友達の力にもなってあげられなかった。
　そのことにユウカさんの顔を見てから気づいた。
「雫さん、ちゃんと食べてる？　痩せたよね？」
　ユウカさんもやつれた顔をしてるのに、あたしの心配をしてくれてる。
「うん、ちゃんと食べてるよ」
　吐いてしまっていることは、ユウカさんに言えなかった。
「ホントに大丈夫？」
「うん」
「そっか。今日はね、お兄ちゃんの伝言を伝えに来たの。それと、お兄ちゃんがどんな風に死んでいったのか話しにきたの」
　あたし……タクミさんがどうして死んだのか知らなかった……。
「お兄ちゃん、死ぬの覚悟してたんだよ」

えっ?
ユウカさんはゆっくりと話しはじめてくれた。
「お兄ちゃん、ちょっと前に怪我したときあったじゃん」
ユウカさんと一緒に出かけていると電話がかかってきて、病院まで駆けつけたときだ。
たしか、あれは銀桜ってところの人たちに復讐されたって。
「あの怪我を負わせたの、銀桜ってとこの副総長だった人なんだ。前にシュンさんが銀桜つぶして、簡単に言えばその仕返しで椿をつぶしに来た」
まるで映画の中の話みたいなのに、タクミさんや俊平には現実なんだ。
ふたりはそういう世界にいたんだ。
「お兄ちゃんが襲われた日から、毎日椿連合の誰かが襲われはじめた」
そういえば、お葬式の日に怪我してる人がいっぱいいた。
「そのせいで椿連合のみんなは銀桜とやる気になっていったんだけど、お兄ちゃんだけはなんだか考えこんでた。お兄ちゃん、喧嘩っ早いのに、どうしたんだろって思ってた」
あたしは本当になにも知らなかったんだ。
あの怪我の日以来、椿連合がそんなことになっていたことも、タクミさんが喧嘩っ早いってことも。
「そうしたらお兄ちゃん、あたしに自分になにかあったら弟たちと雫さんを頼むって言ってきたの。あたしはお兄ちゃんが考えこんでたのは、雫さんのことだったんだってわかった」

タクミさん……。
涙が流れてきていた。
「ここからはユイくんに聞いた話」
ユイくんっていうのは、椿連合の幹部のひとりでタクミさんともユウカさんとも仲よしの人だ。
「お兄ちゃん、いつでも死ねるって思ってたんだって。だけど、雫さんと出会ってはじめて死にたくないって思ったって言ったらしい」
いつでも死ねるなんて思っていたなんて……。
「なのにお兄ちゃんは、死を覚悟でひとりで銀桜に乗りこんだ」
「ひとりで?」
「うん。お兄ちゃんはすべて終わらせたかったんじゃないかってユイくんが言ってた」
終わらせる?
「椿連合は頭のお兄ちゃんが殺られて事実上解散になったんだけど、お兄ちゃんはそれを望んでいたんじゃないかって」
そして、ユウカさんは付け足すようにタクミさんがなにを思っていたかは誰もわからないと言った。
そのとおりだと思う。
タクミさんはきっと優しいから、みんなのことを考えてひとりで闘ったんだよ。
あたしはそう思った。
「それでお兄ちゃんからの伝言」

タクミさんの伝言。

それをわざわざ伝えるために、ユウカさんは来てくれた。

気になるけど、タクミさんの伝言を聞くには勇気が必要だった。

あたしは唾を飲みこんで、心の準備を整える。

「あたしが病院に駆けつけたとき、お兄ちゃんまだ少しだけ意識があって……」

それを聞いただけで全身が固まる。

手をギュッと握りしめた。

「"雫に幸せになれって伝えといて"って言って死んでいった」

それがタクミさんの最後の言葉なの？

最後の最後まで、あたしの心配をしてくれてたんだ。

あたしは声を上げて泣いてしまった。

ユウカさんはそんなあたしに手を伸ばし、優しく頭を撫でてくれる。

「ごめんっ……ごめんなさい……」

タクミさんっ……本当にごめんなさい。

あたしはユウカさんにすべてを話した。

ユウカさんはあたしと俊平が付き合っていたことを知っていたらしい。

そして、あたしはお葬式のあとのことも話した。

軽蔑(けいべつ)されるのは覚悟していたのに……。

ユウカさんはやっぱりタクミさんの妹で、優しすぎた。

「あたしうれしかったよ。お葬式の日、雫さんがお兄ちゃ

んと一緒に死ぬって泣いてくれて」
「だけど、あたしはそのあと……」
「そんなの、思いあってる男女が会ったら、あたり前の行為だよ。それに雫さんは、お兄ちゃんの死で辛かったんだから」
　女神様なんか見たことないけど、ユウカさんは女神様なんじゃないかと思うくらい優しい顔であたしを見てくれてる。
　軽蔑なんかされていない。
「雫さん、シュンさんと幸せになりなよ」
「えっ？」
「お兄ちゃんもそれを望んでると思う」
「でもっ……」
　あたしは自分と俊平を許せない。
「お兄ちゃんのためにも幸せになってね」
　タクミさんのため？
　あたしがタクミさんにできる恩返しは、幸せになることなの？
　前にタクミさんが、俊平でもほかの誰かとでもいいから、あたしが幸せならそれでいいって言ってくれたのを思い出した。
　だけど、もう本当に俊平と会うつもりはない。
　あたしは、タクミさんやユウカさんに教えてもらった気がする。
　自分が辛くても人のことを思いやる優しさ。
　だから、あたしは辛くても俊平との別れをしっかり受け

いれる。
　そして、ひとりでも生きていくよ。

あたしのことは忘れて

　冬から春へ季節が変わった。
　そして、また季節はめぐり冬がきた。
　もうすぐタクミさんがいなくなって1年がたつ。
　街は来週に迫ったクリスマスのせいでなんだか浮かれている。
　あたしはそんな世間とはかけはなれたような生活をしていて、今日も病院に来ていた。
「……雫？」
　病院内を歩いていると名前を呼ばれ、ピタリと動きを止めた。
　時間が止まったようだった。
　もう会わないって、決めた人なのに……。
　ずっと会っていなくても声を聞いただけで、誰だかわかった。
「……俊平」
　まさか、こんなところで会うなんて思わなかった。俊平が病院にいるなんてどうしたんだろう？　どこか悪いようには見えないから、お見舞いかなにかかな？
「元気か？」
　俊平は出会った頃と変わらず、あたしを心配そうな目で見てくる。
「うん。元気」

「そうか」
　胸の奥がキュウッとなるのを感じる。
　だけど、唾を飲みこんでさよならを言うために口を開いた。
「……じゃぁ、ね」
「……ああ」
　これ以上話していると、もっと話したくなって離れられなくなる。
　あたしは俊平を通りこしてエレベーターの方へと向かいだした。
「雫！」
　ふたたび名前を呼ばれて振り返った。
　あたしは震える手をギュッと握って俊平を見る。
　手は震えているのに意外にも頭の中は冷静だった。
　俊平を見て、髪が伸びたなとか顔は変わっていないなとかそんなことばかり考えている。
　俊平はあたしに向かって歩いてきた。
　その姿は、昔にガールズバーリンダの看板前で待ちあわせしたときみたいだと思った。
　もうあの頃とはなにもかもが違うのに、あたしはどこかであの頃に戻りたいと思ってるのかもしれない。
　だけど、心のどこかでしていた淡い期待はすぐに打ちこわされた。
「シュンさん!!」
　俊平の後ろから女の子が名前を呼びながらやってきて、スッと俊平の腕に自分の腕を絡めた。

俊平と別れてから1年以上もたつ。

　新しい彼女がいたっておかしくない。

　あたしはタイミングよく到着したエレベーターに乗りこんだ。

　俊平がいま誰といようが、幸せならそれでいい。

　そう思える人間になりたかったんだ。

　大丈夫、あたしは傷ついてない。

　タクミさんやユウカさんみたいに、他人の幸せを願える人になりたいと思ってる。

　エレベーターで最上階まで行き、特別室のドアをノックする。

　そしてゆっくりと扉を開けた。

　今日もベッドからうめき声が聞こえる。

　あたしはベッドのそばまで行くと、ゆっくりと手を伸ばし、また引き戻した。

　ここに通うようになってひと月、あたしはいまだに手を伸ばしてこの人に触れることができない。

　なのに、こうやって毎日来るのは本当は死んでほしくないからだ。

　3ヶ月前……。

　知らない男の人からいきなり電話がかかってきた。

　その人は、いつか小笠原ゆきと婚約したと報道されていたヨネダさんという人だった。

　ヨネダさんの話は、小笠原ゆきが癌で長く生きられない

という内容だった。

しばらくはどう受け止めていいかわからなかった。

信じられなかったし、実感もない。

だからすぐには会いにいかなかった。

それに小笠原ゆきは、あたしに会いたいと思っていないと思った。

母親の人生に、あたしの存在はないと思っていた。

それなのに、突然母親から食事に誘われた。

一緒に食事をするのは何年ぶりだっただろうか？

もう思い出せないくらい何年も一緒に食事すらしていなかった。

久しぶりに会った母親は、痩せほそっていて体調がよくないのはすぐにわかった。

それなのに、あたしが癌のこと知っていると知らない母親はキレイに化粧をして必死に隠そうとしている。

最後まで病気のことは口にせず、元気な姿を演じていた。

そして、最後に『あなたを産んだのがあたしなんかでごめんね』って言ったんだ。

はじめて謝られた。

いままでどんなときでも謝られたことはなかったのに。

あたしは母親のその言葉で母親が病気だと実感した。

でも、それからもあたしは入院している母親に会いにいくことはできなかった。

会いたくないわけじゃない。

だけど、母親はあたしに病気のことを知られたくないん

じゃないかと思ったんだ。
　母親の気持ちなんか考えたことなかったけど、このときはじめて考えた。
　そして、1ヶ月前……。
　またヨネダさんから連絡が来た。
　母親が本当にもうダメだと……。
　あたしはそれでも会いにいくのを少しためらった。
　だからヨネダさんに『母親はあたしに会いたいなんて思ってない』って言ったんだ。
　すると、ヨネダさんは『ゆきも同じことを言っていたよ。余命があまりないってわかったとき、僕は雫ちゃんに知らせた方がいいって言ったんだ。でも、ゆきも雫ちゃんは自分に会いたいなんて思ってないって言っていたよ』と話してくれた。
　あたしは、それを聞いて会いに行くことにした。
　あたしと同じく、母親も本当は会いたいと思っていると気づいたから。
　だけど、会いに行ったときにはもう遅かった。
　母親は痛みを和らげる薬を投与されていて、意識は曖昧なことが多い。
　医者からは余命は何カ月もないと言われた。

　それからひと月たったいまも、母親の苦しんでいる姿しか見られなかった。
　まともに会話もできないけど、それでもいい。

ただ、最期だけは看とりたいと思う。
　おばあちゃんもタクミさんも看とれなかったから、母親だけは看とりたい。
　あたしは病室を出る。
　すると、そこに俊平が立っていた。
「悪い。こんなとこまで来て」
　驚きすぎてなにも言い返すことができない。
「ちょっと話せるか？」
「えっ？」
　話？　なんの話？
　あたしは黙って俊平についていき、病院の庭のベンチに並んで腰をおろした。
　しばらく沈黙が続き、俊平はタバコを取り出す。
「ここ、病院だよ」
「ああ、そうだったな」
　そう言って、俊平はタバコをポケットにしまった。
「入院してるのって母親か？　少し前にニュースになってたよな」
「うん」
「大丈夫なのか？」
「あと何日もつかわからない」
　あたしは首を左右に振りながら答えた。
「俺が聞いてんのはお前のことだ」
「えっ？」
「大丈夫なのか？」

「なにが?」
　あたしはどこも悪くない。
　ご飯もちゃんと食べてるし、吐いたりもしなくなった。
「なにがって、お前、母親が死んだら親いなくなんだろ?」
「うん。でも俊平だって親いないでしょ?」
　親がいない人に、親がいなくなることを心配されるとは。
「俺は物心つく前からいねぇから。でも、お前は違うだろ?」
　俊平が言っている意味も、心配をしてることもわかってる。
　だけど、自分でも大丈夫かなんてわからない。
　それに、大丈夫じゃなくても、あの頃みたいに俊平にすがるつもりはまったくない。
「だから、ちゃんと看とりたいと思ってる」
　もう嫌なんだ。
　最期を看とれないのは。
「そうか。なんかお前変わったな」
「えっ?」
「どこがとか言えねぇけど、柔らかくなった」
「なにそれ?」
　自分では変わっていないと思う。
　だけど、変われるのなら、人の気持ちを考えられる人になっていたい。
「ニュース見たときから心配してたけど、俺は用なしだな」
　やっぱり、俊平は心配してくれてるんだ。
　だけど、もう心配なんてしないでほしい。
「あたしは大丈夫。だからさ……」

いまから口にする言葉を俊平はどう思うだろう？
　言ってしまえば後悔するかもしれない。
　だけど、もうあたしたちはけじめをつけるべきなんだ。
　あたし自身のためにも、俊平のためにも言わなきゃいけない。
「偶然どこかですれ違ったとしても気づかなかったことにして。あたしの噂を聞いても心配しないで……あたしのことは忘れて」
　今日みたいに偶然会ってしまったり、心配されてると思うとどこかで期待してしまう。
　だけど俊平には新しい毎日があるわけで、あたしのことで煩わせたくない。
「……わかった。お前がそうしろって言うならそうする。だけど、忘れるのだけはできねぇよ」
「…………」
「忘れられたらどんなにいいか」
　そんなこと聞きたくないよ。
　なにを言ったって一緒にはいられないのに。
　わかっているけど、あたしの心はすごく動揺してしまうんだ。
　会えば別れたくなくなるし、心配されると優しさに甘えたくなる。
　だから、もう二度と会いたくない。
「……あたしは忘れるよ。もう会うこともないと思うから、すぐ忘れられると思う。じゃあね」

あたしは俊平を残して立ちあがった。
　もうこれ以上は無理。
　これ以上一緒にいれば泣いてしまうし、口にしちゃいけないことを口にしてしまいそうだよ。
　すぐ忘れられると嘘をついたあたしの舌を誰かが抜いてくれたらいい。
　そうしたら嘘もなにも言わなくてすむのに。

　この日から病院に来るたび、俊平の面影を感じた。
　ほんの少し話しただけなのにこんなにもあたしを苦しめてくる存在。
　だけど、その存在を求めてしまう。
　タクミさんを思えば死ぬなんて考えられないけど、この先あたしはちゃんと生きていけるのか不安になる。
　一生俊平を忘れられずに過ごすことが、とてつもなく重荷に感じられた。
　今日も病院に来ていたけど、母親に手を伸ばすことができなかった。
　でも明日は……明日こそはと思う。
　そう思って、病院から出た。
　もう、母親に明日が来ないことも知らずに……。

そばにいて

　その日、病院から出ると、いきなり目の前に黒色のセダンが止まった。
　そして、中から男の人がふたり出てきてあたしは抵抗も虚(むな)しくあっという間に車に乗せられた。
　なに？　誘拐？
　なにがなんだかわからない。
　車の中で手首を縛られて、口にはガムテープを貼られた。
　恐怖で自然と体が震える。
　誰か助けてと思いながら頭の中に浮かんだのは、俊平の顔だった。
　だけど俊平が助けに来るわけがない。
　この前、あんなことを言ったのにこんなときに俊平を一番に思いうかべるなんて。
　あたしには、誰も助けに来てくれる人がいない。
　自分でなんとかしなきゃ。
　車は人気のない倉庫のような所で止められ、あたしは車から降ろされた。
　男たちに引っぱられ歩いていくと、女の人がいた。
　その女の人を見てあたしはなんとなくすべてを理解した。
　この人が、あたしをここへ連れてこさせたんだ。
　もう二度と俊平とかかわることはないのに、どうして？
「あたしが誰だかわかる？」

女の人はあたしに聞いてくるけど、口はガムテープでふさがれていて答えられない。
　すると、あたしを連れてきた男のひとりにガムテープをはがされた。
「この前、病院で会った……」
　俊平の彼女でしょ？
　ちょっとしか会っていないけど、ちゃんと覚えている。
　胸の痛みとともに。
「アンタなんかいなくなればいいのよ！」
　女の人はあたしを睨みつけながら言う。
　だけど、あたしはどうしてこんな風に言われなきゃいけないのかわからない。
　あたし、なにをしたんだろ？
　いくら考えても恨まれている理由がわからない。
「アンタがいるからシュンさんは……」
　俊平がなに？
　またあたしの存在のせいで苦しめてるの？
　みんなそうだ。
　俊平だけじゃなく、母親もおばあちゃんもタクミさんもあたしがいなかったらもっと幸せになれた。
　人の幸せを願っているつもりでも、あたしには誰も幸せにできない。
「いなくなってよ！　あたしとシュンさんの前から！」
　あたしは言葉が出てこなくて何度もうなずいた。
「シュンさんはあたしのもんだから！」

「……俊平とは二度と会うことはないよ」
　この前みたいに偶然病院で会うこともない。
　あたしは俊平の人生から消える。
「会わないだけじゃダメなのよ！」
「えっ？」
　女の人の目つきがさらに険しくなった。
　どうやらあたしは相当恨まれているらしい。
「アンタが存在する限り、シュンさんはあたしに振り向いてくれない！　だから！　消えてよ！　この世から」
　この世から消える？
　そっか……。
　この人はあたしに俊平と会うなって言いに来たわけじゃないんだ。
　あたしを殺しに来たんだ。
　殺されるとわかっても、あたしはどこか冷静だった。
　ただ、思うことはひとつだけ。
　死ぬのが怖いとか嫌だとかじゃなく、俊平のことだけ。
　俊平……好きだよ……。
　だけど、ごめんね？
　あたしたちは出会うべきじゃなかった。
　あのとき出会わずに、あたしはひとりで死ぬべきだったんだ。
　だけど、俊平と会って好きになって、幸せだった時間はあたしの人生の宝物だよ。
　大切な宝物だよ。

「お前らなにやってんだ？」
　そのとき、後ろから聞きおぼえのある声が聞こえてきた。
　息を切らした声でもすぐ誰だかわかる。
　俊平だ。
　なんで来るの？
　いつもいつも助けに来るの？
「……シュンさん」
　女の子の表情がイッキに青ざめていく。
　さっきまでの表情がまるで嘘のようだ。
「ち、ちがうよ！　これは……」
　女の子は慌てて俊平に弁解しようとしてる。
　よほど俊平のことが好きなんだ……。
　そりゃそうか。
　人殺しまでしようとするくらいだ。
　あたしは振り返って俊平を見た。
　スウェット姿の俊平はまだ息を切らしていた。
　心配しないでって言ったのに、どうしてそんな息を切らしてやってくるの？
　あたしのことなんかほっといてくれたらいいのに。
「雫、大丈夫か？　怪我ねぇか？」
　俊平はあたしに優しく問いかけながら近づいてきた。
　そして、冷たい手であたしの頬にそっと触れてきた。
「大丈夫か？」
「うん」
　俊平があまりに優しく聞くものだから泣きそうになる。

だけど泣かない。
　もう俊平に涙を見せたくない。
　もうこれ以上優しくされたくない。
　俊平はあたしの頬から手を離すと、手首を縛っていた縄をほどいてくれた。
「あとついてんな……ちょっと待ってろ。すぐ片付けてやるから」
　そう言った俊平の目は、さっきまでの優しさが嘘のように一気に変わってしまった。
「いいよ！」
「は？」
　あたしは自由になったばかりの腕で俊平のスウェットをつかんだ。
「なにもされてないし、いいよ。助けに来てくれてありがとう。じゃあね」
　誰も来てくれないと思っていた。
　だけど俊平が来てくれて助かった。
　もうそれだけでいい。
　あたしは恨んでなんかない。
　だから、俊平が仕返しをする必要もない。
　あたしは帰るために俊平を通りすぎ歩きだした。
「おい！　雫！」
　後ろから俊平の声が聞こえたけど、振り返るつもりはない。
　今度こそお別れをするつもり……。

なのに後ろから俊平の彼女の大きな声が聞こえた。
「シュンさんっ！　ねぇ！　どうしたの？」
　あたしはその声で振り返った。
　えっ？　なに？
　……俊平？
　あたしはその場で固まって動けなくなってしまった。
　さっきまで立ってしゃべっていた俊平が、両手で頭を押さえてうずくまっていた。
　どうしたの？　なにがあったの？
「早く救急車！　救急車呼んで！」
　なにが起こっているのかわからない。
　救急車？
　俊平どうしたの？
　あたしはやっと動きだして俊平のそばまで駆けよった。
「シュンさん！　大丈夫だから！　救急車すぐ来るから！」
　彼女はうずくまる俊平に言葉をかけている。
「し、雫……なんでもねぇから……気を……つけて帰れ」
　俊平は痛そうにしながらあたしにそう言うと意識を失った。
「……俊平？」
　あたしは膝をつき俊平に手を伸ばそうとした。
　すると彼女に思いっきり手を払われる。
「触らないで！　アンタのせいでシュンさんが……」
　彼女はそう言って、声をあげて泣きだした。
　あたしはそれ以上俊平に触れることができなかった。

救急車がやってきて、俊平と彼女は行ってしまった。
俊平、どうしちゃったんだろう……。
あたしも一緒に行きたかったけど、行けるわけがない。
俊平がこんなことになったのも、あたしのせいかもしれない。
そのまま動けずにいると、あたしのスマホが鳴った。
「はい……えっ？」
……嘘だ。
お母さんが死んだなんて、嘘だよね？
電話はヨネダさんからだった。
母親がいまさっき息を引き取ったって。
あたしが病院を出てすぐくらいに悪くなって、何度も電話をくれていたらしい。
あたしはその電話に出られなくて、母親の死に目に会えなかった。
あれほど看とりたいと思っていたのに。

正直、どうやって病院まで駆けつけたのかわからない。
ただ、息を切らして走ったことだけは覚えてる。
病室に着くと、母親はキレイな表情を浮かべ眠っていた。
あたしは母親に手を伸ばし、途中でやめてしまった。どうしてもこれ以上母親に手を伸ばすことができない。
あたしは手を伸ばすのと一緒に考えることもやめた。
母親のことも俊平のことも……。

あたしはここ数日の記憶がなかった。
　気づくとヨネダさんのおかげで無事にお葬式がすんでいた。
　マスコミが来たりして大変だったけど、あたしが小笠原ゆきの娘だということが世間にバレることもなく終わった。
　なんだか、すべてが終わった気がした。

　本当に本当にひとりぼっちになってしまったんだ。
　いままでだって何度もひとりぼっちだと思ったことはある。
　だけど、ここまで怖く思うのは初めてだった。
　怖い……。
　これからどう生きていけばいいのかわからない。
　本当にひとりぼっちになるって、こんなに怖いことなんだ。
　俊平はこんな思いを知っていたのかもしれない。
　だから病院で会ったとき、あたしの心配をしてくれていたんだ。
　なのにあたしは、心配しないでなんて自分勝手なことを言ってしまった。

　それなのに俊平は、またあたしの前に現れた。
　母親が死んで一週間家に引きこもっていたあたしを訪ねてきてくれた。
「雫……会いたくねぇのはわかってる。だけど謝りたい」
　謝りたい？

俊平はなにを謝るというの？
　なにも謝ってもらうようなことはないはずなのに。
「俺のせいで看とることできなかったんじゃねぇか？」
「俊平のせいじゃない」
「俺のせいでアイツらに拉致られて……それでお前……」
　たしかに拉致られたせいで母親を看とることができなかった。
　だけど、俊平とか誰かのせいだとは思わない。
　誰かを恨むより自分を恨めしく思う。
　母親に一度も手を伸ばせなかった自分が恨めしい。
　一度だけでも手を握ればよかった。
　いまはその後悔があたしを攻めたてる。
「俊平は悪くないよ」
「お前も俺に出会わなければよかったな」
　俊平？
　俊平がこんな風に言うなんてどうしたの？
　卑屈になるのはいつもあたしで、俊平はいつも強かったのに。
「ホントに悪かったな」
　そう言って、俊平は帰ろうとする。
「俊平」
　あたしは名前を呼び引きとめた。
　なんだか俊平が消えてしまいそうな気がした。
「あたし、俊平と出会えてよかったよ」
　あたしも出会わなければよかったと思ったこともあった。

だけど、どれだけ辛くても俊平が好きな気持ちだけは変わらない。
「いろいろあったけど、本当に俊平のこと好きだった」
　そう言うと俊平はあたしを思いっきり抱きしめてきた。
　力強くて痛いくらいだったけど、心が安らぐのを感じた。
　ずっとずっと、この腕を待っていたんだ。
　本当はこの腕だけを待っていた。
　あたしは涙を流していた。
　母親が死んだときは実感がなくて泣けなかったのに、なぜだか俊平に抱きしめられただけで涙が止まらなくなった。
　俊平の匂いや温もりが、あたしの思いを溶かしていく。
「……雫」
　耳元でささやかれた俊平の声は震えている気がした。
　だけど、俊平の唇はふたたびあたしの名前を呼ぶことはなくあたしの唇に触れる。
　あたしはそのまま俊平に抱かれた。
　夢中で何度も抱きあった。
　そしていつの間にか眠ってしまい、目覚めたらベッドの上で俊平の腕の中にいた。
「起きたか？」
「うん。俊平、起きてたの？」
「ああ」
　俊平はあたしの頬を優しく撫でる。
　そしてその手を顎に首にとずらしていき、あたしのネックレスを触ってきた。

「これ、ずっとつけてたのか？」
　俊平と付き合っていたときにもらったものだ。
　俊平の女だという印につけていろと言われてつけたネックレス。
「うん」
　外そうと思ったことは何度もあった。
　だけど、外せなかった。
「お前のこと守ってやるって言ったのに、傷つけて悪かった」
「……俊平」
「ん？」
　あたしは目をギュッと閉じた。
　言っちゃいけない言葉なのかもしれない。
　俊平を苦しめることになって、あとで後悔するかもしれない。
　だけど……もう我慢できないよ……。
　目を閉じていても涙が流れてくる。
　あたしは自分の手で涙を拭う。
　そして、震える声でずっと言えなかったひと言を口にした。
「……そ、そばにいて」
　好きで好きでたまらない。
　こんなに好きになれる人、もう一生出逢うことはないね……。
　次から次へと涙が溢れてくる。
　震えながら泣くあたしを俊平がギュッと抱きしめてくれる。

だけど、俊平も震えていて泣いているような気がした。
「……ごめんな。ごめんな、雫」
　謝る声も震えていてやっぱり俊平も泣いていた。
　あたしたちはお互い泣きながら抱きあった。
　俊平は何度も何度もごめんなって謝っていた。

俊平、死ぬの？

　この日から、俊平はあたしとずっと一緒にいてくれた。
　家には帰らずあたしの部屋に泊まっている。
　そして、一緒に新しい年を迎えた。
　一緒に暮らして何日目かの朝、あたしが目を覚ますと俊平はトイレで苦しんでいた。
　あたしはそれに気づき急いで俊平の背中をさする。
「俊平、大丈夫？」
「大丈夫だからあっち行ってろ！」
　そう言われても離れることなんてできず、あたしはただ背中をさすっていた。
「昨日、食いすぎたか？」
　落ち着いてきた俊平は、あたしを心配させないためか嘘をついた。
　昨日はふたりで焼き肉を食べに行ったけど、俊平はぜんぜん食べていなかった。
　あたしよりは食べていたけど、前はもっと食べていたしビールも飲んでいた。
　それなのに昨日はビールも飲んでいなかった。
　俊平がどこか悪いんじゃないかという思いがさらに大きく膨らむ。
　あたしはトイレで座りこんだまま俊平を抱きしめた。
　不安な気持ちを少しでもなくしたくて。

「おい、汚ねぇから離れろ」
「嫌！　汚くてもいい」
「わかったから顔洗わせろ」

　あたしは俊平を離し、顔を洗いにいく俊平の後ろをついていった。
「病院行ったほうがいいんじゃない？　いまから行こうよ」
　顔を洗っている俊平の背中に問いかけた。
「正月にやってる病院あんのか？」
「わかんない」
「ただの食いすぎか風邪だから心配すんな。それより今日出かけるから支度しろ」

　どこへ行くか教えてもらえないまま家を出た。
　わざわざタクシーに乗ってやってきたのは墓地だった。
　あたしは誰のお墓なのか知らずに俊平の腕をつかんで黙って歩く。
　お線香の代わりにタバコに火をつける俊平。
「タクミ……来たぞ。雫と」
　えっ？　タクミさんのお墓？
「お前が生きていてくれてりゃどんだけよかったか」
　俊平はあたしの隣でタクミさんに話しかける。
「なぁ、タクミ……頼むからこれ以上雫が傷つかないようにしてくれ」
　傷ついてもいい。
　俊平と一緒にいられるならそれでいい。
「なぁ、雫」

「うん?」
「俺な、タクミにすげぇ嫉妬した」
　俊平がタクミさんに嫉妬?
「タクミの葬式のときに、お前が『一緒に死ぬ』って泣いててうらやましく思った。だけど、もし俺が死んでもお前は死ぬなんて言うな。俺の分も生きろ」
「俊平、死ぬの?」
　やっぱり俊平どこか悪いの?
　だからこんな話をするんじゃないかと不安が襲ってくる。
　あたしは俊平の腕をつかむ手に力を込めた。
「……心配すんな。ずっとお前のそばにいるから」
　俊平のたったひと言で、すごく安心した。
　あたしは周りの人たちの死に敏感になってしまっているのかもしれない。
　もう死をおそれるのはやめよう。
「……俊平」
「ん?」
「……好きだよ」
　この前は『好きだった』って過去形で言ったけど、本当はいまもずっと好きだよ。
　あたしの中で俊平が過去になったことはない。
「タクミよりもか?」
「えっ?」
「言っただろ?　タクミに嫉妬してるって」
　嫉妬したのはお葬式のときの話じゃないの?

「女を作らねぇって言っていたタクミがお前と付き合って、お前らが思いあってたのはわかってる。だけど今日はタクミにお前を貰うって言いにきた」
　俊平は勘違いしている。
　あたしとタクミさんは付き合ってなんかいない。
　タクミさんはただ無条件にあたしに優しくしてくれただけだ。
　恋人でも友達でもない。
　たぶん、血の繋がりはなかったけど兄妹みたいな関係だった。
「なぁ、タクミ……俺にも雫が必要なんだ。だから俺のわがままを許してくれ」
　ふたたび俊平はタクミさんに向かってそう言った。
「タクミさん……」
　タクミさんはずっとわかっていたんだね。
　あたしには俊平しかいないことを。
　俊平が死ぬかもしれないとか、ナオさんや、病院で会った彼女の存在で不安はある。
　だけど、俊平がいるだけでこんなにも幸せな気持ちになれる。
　ありがとう、タクミさん。
　本当にありがとう。
　あたしと俊平はお墓をあとにした。
　そして、あたしは嫉妬深い俊平に本当のことを話した。
「俊平、あのね」

「ん？」
「あたしとタクミさんはそんなんじゃないよ」
　俊平は意味がわからないといった表情であたしを見てくる。
　というより、睨んでる？
　もともと目つきが悪いからわかんないよ。
「タクミさんと付き合ってなんかないよ。タクミさんはあたしのことを妹みたいに大切にしてくれた」
「……そうか」
　俊平はもうそれ以上なにも聞いてくることはなかった。

　俊平と一緒に家に帰ると、マンションの前にヨネダさんの車が停まっていた。
　あたしに気づいたヨネダさんは車から降りてきた。
「雫ちゃん、いきなり訪ねてきて申し訳ない。ちょっと渡したいものがあってね」
「渡したいものですか？」
「そう。ゆきから預かっていてね」
　そう言って、ヨネダさんは紙袋を差しだした。
　それを受け取り中を見てみると、専門学校の資料がいくつも入っていた。
　それもすべて料理関係だ。
「ゆきが雫ちゃんのために全部資料請求したんだ」
　母親があたしのために？
「雫ちゃんが高校をやめたこと、ゆきは心配していてね。

べつに高学歴とかを望むわけじゃないけど、夢とか目標を持ってほしいって言ってた」

結局、高校は色々あった高２の冬に辞めてしまっていたけど、母親とそんな会話を一度もしたことなんてなかった。

あたしに興味がないと思っていたから、そんな風に思っていたなんて本当に知らなかった。

「それで、ゆきなりに考えてこれを用意したんだよ。間にあわなかったけどね」

「本当にお母さんが？」

「そうだよ。ゆきは雫ちゃんが小学校の卒業文集で将来はケーキ屋になりたいって書いていたからって、パティシエの専門学校に行かせてあげたいって言っていた」

たしかにあたしは小学校の卒業文集でケーキ屋さんになりたいと書いた。

だけど、そこまで本気で考えて書いたわけじゃない。

小さい頃からあまり夢がなかったあたしは、なんとなく軽い気持ちで書いただけだった。

「学校へ行くかどうかは雫ちゃんの好きにしたらいい。だけど、ゆきの気持ちだけは受けとってやって」

「はい」

「もし学校へ行こうと思うなら力になるから、また連絡して」

「ありがとうございます」

ヨネダさんは本当にいい人だ。

ずっと独身だった母親が唯一結婚したいと思った、たっ

たひとりの人。
　結局、病気が見つかり頑なに断りつづけた母親のせいで結婚はできなかったけど。
　それでもヨネダさんはずっと母親を支えてくれていた。
「元気ないかと心配してたけど、思ったより元気そうでよかった。彼のおかげかな？」
　ヨネダさんはそう言って、視線を俊平へと向ける。
「はい」
「僕が言えた立場じゃないけど、雫ちゃんのことお願いします。僕が愛した人のたったひとりの娘なんだ」
　ヨネダさんは俊平へと手を差しだすと、ふたりは握手を交わした。
　そしてヨネダさんは仕事があるからと言って帰っていった。
　仕事があるのにわざわざ渡しに来てくれたのは、あたしの様子を見に来てくれたのかもしれない。
　あたしはひとりぼっちになってしまったと思ったけど、それは違ったかもしれない。
　あたしのことを考えてくれてる人がいるんだとわかった。

　家の中へ入り、紙袋の中の物を出した。
　パティシエになることは夢ではない。
　だけど、パティシエになることを目標にして生きていくのは悪いことじゃないかもしれない。
　いつかユウカさんが話してくれた夢をうらやましいと

思った。
　あたしも夢がほしいと思った。
「学校行くのか？」
　真剣に資料を見ているあたしの横で俊平が聞いてきた。
「わかんない」
「俺、お前の作ったケーキ食ってみてぇな」
「甘い物嫌いなのに？」
　前に俊平は甘い物はあまり好きじゃないと言っていた。
「お前が作ったら食うよ」
　たったこれだけのことでパティシエになろうと思った。
　単純だけど俊平にケーキを食べてもらいたいよ。
　この思いが夢なのかはわからないけど、あたしはこの日から夢を持った。
　そして、行きたい学校も見つけた。
「俊平は将来とか考えたことある？」
「将来つうか、俺はいつかはやくざになるんだろうなって思ってた。だけどお前と出会ってから、俺がやくざになってもし死んだらお前が悲しむんじゃないかって考えたんだ。だからなんでもいいからカタギの仕事について、お前と家族を作りたいって思ったことはある」
　付き合っていたときは将来の話なんてしたことがなかった。
　あたしはいまがよければいいと思っていたし、俊平さえいればいいと思っていた。
　だけど最近は夢ができて将来を待ちどおしいとまで思っ

てしまう。

　4月になり、あたしは専門学校に通いはじめた。
　俊平も仕事を始めた。
　倉庫で荷物を運ぶだけの仕事だって言っていたけど、俊平はそれでもやり甲斐(がい)があると言っている。
　最初のうちは筋肉痛とかで体中痛いって言っていたけど、それでも毎日休まず行っていた。
　あたしも学校にも慣れ、友達もできた。
　学校の帰りに一緒にケーキを食べたり、恋愛の話なんかもする。
　普通のことなんだろうけど、あたしには幸せな毎日だった。

約束だよ

　あたしは学校から帰り、夕飯の支度をしながら俊平を待っていた。
　いつもより少し遅めに帰ってきた俊平。
　帰ってくるなり、お腹が減ったから早くご飯にしようと急かされて急いで仕上げた。
　ふたりで一緒に夕飯を食べて、俊平はテレビを見ながらくつろいで、あたしはあと片付けをする。
　これがここ最近のあたしたちだ。
　あたしは片付けを終わらせると、俊平の隣へと腰をおろした。
　すると、目の前のテーブルの上に小さな紙袋が置かれているのに気がついた。
　さっきまではなかったのに……。
「これなに？」
　あたしは紙袋を手に取り、俊平に聞く。
「お前にやる」
「えっ？」
「今日、初給料日」
　あたしは袋の中から小さな箱を取り出した。
　そして、リボンをほどき箱をあける。
　中にはキラリと光るネックレスが入っていた。
「かせ。つけてやる」

そう言って、俊平はあたしの後ろにまわると、いまつけているネックレスを外そうとした。
「外すの？」
「外さなかったらどうすんだよ？」
　そうだけど……。
　俊平の女だっていう印のネックレスを外したくない。
「初給料全部つぎこんだんだから、こっちつけろ」
　全部？　給料を？
　信じられない。
　俊平にもらったネックレスを外され、初給料を全部つぎこんだというネックレスをつけてくれた。
「初給料だけじゃなくて、お前に俺の全部やる」
　俊平はそう言ってあたしに腕を回し、うなじのあたりに唇を這わす。
「雫……」
「ん？」
「……俺な」
　言いにくいことなのか、俊平が次の言葉を口にするのに時間がかかってる。
　あたしは黙ったまま俊平の次の言葉を待った。
「……あと少ししか生きられねぇ」
　えっ？
　一瞬で頭がまっ白になる。
　俊平はいま、なにを言った？
　生きられないってどういうこと？

俊平の顔を見ようと振り向こうとするあたしを俊平はあたしの頭を押さえて阻止する。
「半年くらい前に脳腫瘍(のうしゅよう)が見つかって、手術もできない位置でもう手遅れだって言われた」
　脳腫瘍？　手遅れ？
　嘘だ！　だって、いまも普通に話してるのに。
「死ぬってわかってどうしてもお前に会いたくなった。だからお前の母親が入院してる病院で世話になることにした」
　俊平の話していることがぜんぜんわからない。
　だけど最後まで聞かないといけないと思った。
　だって俊平はいままでずっと話せずに苦しんでたと思うから。
「そしたら、あの日偶然お前に会えてうれしかった」
　うれしかったなんて言ってるけど、あたしはあんなことを言ってしまったんだよ？
　病気のこと知らなかったとはいえ、俊平はどんな気持ちだったんだろう。
「それから、あの病院でお前を毎日見てた」
　毎日？
　だから、あのときあたしが拉致されたときもすぐに助けに来てくれたの？
「見てるだけのつもりだったけど、アイツらがお前を連れ去って、お前は母親の死に目に会えなくて、謝りたいと思った」
　それで謝りに来てくれたんだ。

「でも本当はただお前に会いたかっただけだった。お前がそばにいてって言ったとき、俺もいつかはいなくなるのにそばにいたいと思った」

俊平の腕に自分の腕を重ねてギュッと力を込める。
「こうやってお前を悲しませるってわかってたのに、俺のわがままで悪かったな」
「俊平」
「ん？」

名前を呼んだだけなのに、あたしの声は震えていた。
「もっとギュッとして」

そう言うと、俊平は力を入れてあたしを抱きしめてきてくれた。

そして、あたしは俊平の腕の中で震えながら涙を流した。
俊平はずっとあたしを抱きしめてくれた。
そして、何度も何度もごめんって謝る。
「……俊平、死なないで」

こんなことを言って俊平を苦しめるだけだってわかってる。

だけど、俊平が死ぬなんて嫌だ。
「俺だって死にたくねぇよ。でも死ぬならとことんお前を愛して死にてぇ。残りの時間全部お前にやる」

俊平はあたしの向きを変えキスをしてきた。
キスをして口をふさがないとあたしたちは悲しい言葉ばかり口にしてしまう。
だからあたしたちは何度もキスを繰り返した。

そして、あたしたちはそのまま抱きあった。
 朝目覚めると、俊平はトイレで嘔吐を繰り返していた。
 あたしは後ろから背中を擦る。
「……心配すんな。お前のケーキ食うまでは死なねぇから」
 落ち着いてきた俊平はトイレの床に座りこみながらそう言った。
「約束だよ」
「ああ」

 ——1年後。
「俊くん、オムツ変えるよー」
 俊平はあたしに病気を打ち明けてからひと月後に息を引き取った。
 あたしは俊平の最期をちゃんと看とることができた。
 俊平はまるで幸せな夢を見るかのように眠りについたまま逝ってしまったんだ。
 そして俊平の死からひと月がたった頃、あたしは妊娠に気づいた。
 もしもこの子がいなかったら、俊平のあとを追っていたかもしれない。
 だけど、この子がいたから死ぬことはできなかった。

 あたしはパティシエになる夢もあきらめていない。
 いまは出産と子育てで学校はやめたけど。
 だけど、もう一度学校にも通うつもりだ。

俊平とした約束を、きっとこの子が受けついでくれるから。
　この子がもう少し大きくなったらケーキを作って食べさせてあげたい。
　あたしと俊平の息子、俊に。
「俊くん、いい子だねー。もうすぐ終わるからね」
　ねぇ、俊平。
　俊平が死んでしまって、辛くて悲しい毎日を送っていたあたしは、俊平の死を乗り越えようと、俊平を忘れなきゃと思っていた。
　だけど、俊が生まれてくれてあたしは変わったよ。
　この子を守りたいと思った。
　そして、俊平の生きた証を守っていきたいと思った。
　俊平があたしを守ってくれたように、あたしは俊と俊平を生きて守っていく。

　俊平……。あたし、ずっと俊平のことを好きでいてもいい？
　ときには、俊平を思って、寂しくなって涙を流してもいい？
　そして、俊平の優しさや与えてくれた幸せを噛みしめて生きていってもいい？

　すごく会いたいよ。
　だから、いつもあたしの心の中にいて。

俊平、大好き。
たとえ、またサヨナラが待っていても、あたしは俊平に巡り会いたい。

書き下ろし番外編

Shun side

　白い天井、消毒液の臭い。
　俺は病院のベッドに寝かされていた。
　昨夜、喧嘩をして殴られ、そのまま意識をなくして病院へと運ばれたんだ。
「やっと目ぇ覚ましたか」
　俺の顔を覗きこんできたのは、カズキだった。
　正直、こいつの顔も見飽きた。
　俺は、黙ったまま体を起こそうとしたが、力が入らず起き上がることができない。
「お前、このまま入院しろ」
「は？　なんでだよ！」
　カズキのヤツ、なんで入院しろだなんて言ってくるんだよ。
　喧嘩でちょっと意識を失っただけなのに。
　俺はふたたび体に力を入れて起き上がった。
「看護師呼んで、点滴外させろ」
　俺がそう言うと、カズキは看護師を呼びに行く。
　しばらくすると医者と看護師とカズキが戻ってきた。
　この日から俺の人生のカウントダウンは始まった……。

　なぁ、雫。
　俺、お前と別れてから、いつ死んでもいいと本気で思ってた。

だから毎日喧嘩を繰り返したし、なにも考えてなかった。

だからだな、癌になったのは……。

最初は、医者から聞かされても信じられなかった。

いままで風邪すらひいたことがないくらい元気だった俺が、病気になるなんてありえねぇと思った。

医者から癌だと聞かされたとき、死にたくないとか悲しいとかそんなことはまったく思わなかった。

ただ、なぜか雫の顔が頭に浮かんだ。

ただ、雫に会いたい。

そう思ったんだ……。

俺は検査入院をして、やっと自分が病気なんだと悟った。

そして自分が長くないと知ったとき、俺は後悔ばかりした。

どうして、雫を傷つけてしまったんだろう……。

どうして、雫を守ってやれなかったんだろう……。

どうして、雫を手放してしまったんだろう……。

ナオのことがあって雫と別れたはずだったのに、病気になって考えるのは、雫のことばかりだった。

俺から別れを切り出したのに、今さら会えるはずがないのはわかってる。

だけど、俺の頭の中にはただ雫に会いたい、その思いだけがあった。

そんなとき、テレビで小笠原ゆきが入院していると知った。

俺は、小笠原ゆきが入院している病院に入院することにした。

そう、雫の母親が入院している病院へ。
　偶然、雫に会えないだろうか？
　偶然じゃなくてもいい、偶然を装った再会でもいい。
　どうしても雫に会いたかった。
　雫の母親が入院してると知ってから、雫のことが心配で心配でたまらなかった。だけど、これはただの言い訳だろうな。
　そして、俺は雫に会うことができた。
　死ぬ前に雫に会えてうれしかった。
　雫に『あたしのことは忘れて』と言われても会えただけでうれしかったんだ。
　忘れることはできそうにねぇけど、そう言われた以上、雫の前に姿を表すようなことはしねぇ。
　だから見てるだけでも許してほしい。
　俺に残された少しの時間だけでいいから。

「さっきロビーで雫ちゃんらしき子を見かけたな。まあ、他人のそら似だろうが」
　やって来るなりカズキがそう言った。
　カズキは毎日病院にやってくる。
　俺の病気のことをちゃんと知ってる唯一のヤツだ。
「……それ雫」
「はぁ？　会ったのか？　お前、雫ちゃんと」
　カズキに嘘や誤魔化しを言うつもりはない。
「ああ。昨日な」

「それで？」
　カズキはなぜだか興奮ぎみに話してくる。
「それでってなんだよ？」
「病気のこと話したのか？」
「話してねぇよ」
　話せるわけがない。
　俺がもうすぐ死ぬなんて。
「そうか。話せねぇよな。あの子が知ったら、きっと悲しむだろうな」
　雫は悲しんでくれるだろうか？
　俺が死んだら、タクミの葬式のときみたいに泣き叫んでくれるだろうか？
　あのとき、俺は葬式だと言うのにタクミに嫉妬した。
　俺と別れてから、雫がどう過ごしていたのかはわからねぇ。
　俺は雫のことを考えねぇように逃げて、喧嘩ばかりしていた。
　だけど、雫は俺のことを忘れて一緒に死にたいと思うほどタクミを思っていたんだと思うと、どうにかなりそうだった。
「もう雫とは会うこともねぇよ」
「お前、ほんとにいいのか？　ナオちゃんのことを思えば、雫ちゃんと一緒にいることが辛いのはわかる。だけど、もう長くねぇなら、なにも考えず好きな女と一緒にいろよ」
「俺もできるならそうしてぇけど、雫は俺のことを忘れた

がってる」
　正直、ナオのことはもう気にしていない。
　病気になってなにが一番大切なのかわかった。
　ナオにはあの世へ行ってから、土下座でもなんでもして謝るつもりだ。
　だけど、雫が俺と一緒にいたいなんて思っていない。
　カズキはもうそれ以上、なにも言うことはなかった。

　俺は今日も病室の窓から雫がやってくるのを見ていた。
　雫と再会してから俺は、毎日こうやって雫が母親の見舞いにくるのを見ている。
「シュンさん！　なに見てるの？」
　後ろから女の甲高い声が聞こえてくる。
　俺はそれを無視して雫の姿が見えなくなるまで窓の外を見ていた。
　俺の後ろにいる女がなにを思っているかなんて考えずに。
　この女、アヤは俺が椿連合にいた時からの知り合いだ。
　最近、少年院から出てきた。
　昔っから俺にやたらとつきまとってくる。
「アヤ、お前また来たのかよ」
「だって、シュンさんが心配なんだもん」
　アヤは俺の病気のことは知らねぇ。
　言うつもりもない。
「心配されるような病気じゃねぇよ」
「でも心配なの！」

アヤがどれだけ心配しようが、どれだけ俺につきまとおうがなんとも思わねぇ。
　正直、残り少ない人生なら雫のことだけ考えていたかった。
　だけど、そんな俺の考えがまた雫を苦しめた。

　俺はいつものように雫が病院を出ていくのを病室の窓から見ていた。
　すると、雫が黒のセダンに無理矢理乗せられようとしている。
　俺は急いで病室から飛び出したが、外に出たときには車はいなくなっていた。
　さっきのセダン、どっかで見たことがある。
　あ！　アヤだ！
　この前、雫が来るのを窓から見ていたときに、偶然アヤがあの車から降りてくるのを見た。
　俺はアヤだとわかると、すぐにタクシーに乗り込んだ。
　アヤが雫を拉致させたなら、大体どこに連れていかれたかは予想がつく。
　俺はタクシーの運転手に行き先を伝えると、着くまでずっと、そこにいてくれと願っていた。
　そして、しばらくして倉庫街に着くと、俺はタクシーを降りた。
　やっぱりさっきのセダンが停まっている。
　俺は急いで雫の姿を探した。
　もしも、雫になにかあったら……⁉

頼むから無事でいてくれ。
　俺は雫の姿を見つけた。
　雫に近づき、そっと頬に手を伸ばし無事を確認した。
　いまにも泣き出しそうな雫の表情を見て、俺は胸がしめつけられた。
　ごめんな……。俺のせいで……。
　俺は謝罪の言葉を口にはできず、縄をほどいてやることしかできなかった。
　あとがついた手首を見て、イッキに怒りが込み上げてくる。
　俺はこいつら全員を殺してやろうと本気で思った。
　なのに雫は、もういいからと言って帰ろうとする。
　俺は後ろから雫の名前を呼んだが、振り返ってさえもらえない。
　何度も雫の名前を呼んでると頭痛がしてきた。
　いきなり走ったせいか？
　痛みのせいで俺は両手で頭を抑えながらしゃがみこむ。
　雫には知られたくねぇ。
　アヤが大きな声を出すせいで、雫が振り返ってしまった。
　雫……頼むから帰ってくれ。
　頼むから、俺の病気には気づかないでくれ。
　俺は痛む頭を抱えながらそう思っていた。

　意識を取り戻したときには、病院のベッドにいた。
「……シュンさん」
　アヤが複雑な表情で俺を見ている。

「帰れ」
　だけど、俺はそばにいてくれたアヤに感謝の気持ちなんてもてなかった。
「シュンさん、ごめんなさい。あたし……」
「うるさい。俺の前から消え失せろ」
　アヤは泣きながら、何度も俺に謝ってきた。
　だけど許すつもりはない。
「シュンさん、本当にごめんなさい！　もうこんなこと、しないから……」
「さっさと帰らねぇと、いますぐここで殺すぞ」
　俺がそう言うと、アヤは帰っていった。
　そのあと、俺はカズキに電話をかけてすぐに病院に来させた。
「すぐに来いって、なんだよ？」
「雫がアヤに殺られかけた」
「はぁ？」
　病室にカズキの声が響く。
「アヤを消せ」
「消せって、お前マジで言ってんのか？」
「ああ」
「わかった。それより、この病院に入院してる女優の小笠原ゆきが死んだみたいだな」
　誰が死んだって？
　小笠原ゆき？
　雫の母親が死んだのか?

「それ、いつの話だよ？」
「今日の夕方だってよ。外、マスコミだらけだったぞ」
　今日の夕方？
　嘘だろ……。
　今日の夕方ってことは、ちょうど雫がアヤに拉致されたときじゃねぇか。
　ってことは、あいつ……母親の死に目にあえなかったのか？
　看とりたいって言ってたのに。
　俺は病室のテレビをつけた。
　小笠原ゆきのニュースを見て確認したかった。
　カズキが言った通り、小笠原ゆきは今日の夕方に亡くなったらしい。
　雫は間違いなく母親の死に目にあえていない。
　俺のせいで、雫は母親を看とることができなかった。
　雫は俺を恨んでるだろうか？
　それならそれでいい。
　俺を恨むことで少しでも雫が辛くなくなるなら、恨んでくれと思った。

　数日後、病院を抜け出して、俺は雫の家を訪ねた。
　昔付き合っていたときに一度だけ来たことがある。
　雫が俺の家で一緒に暮らし始めた頃、雫の荷物を取りに来た。
　雫の住むマンションはセキュリティがしっかりしていて、

こいつは母親にちゃんと思われているんだと思った記憶がある。
　俺は雫に謝った。
　思えば、こいつは俺に出会ったせいで傷ついてきた。
　今回の母親を看とれなかったことだけじゃない。
　俺は雫をひとりにしてしまった。
　守ってやるとかいろんなことを言ったのに裏切って傷つけてきた。
　俺と出会わなかったらよかったな……。
　俺は、本当にもう雫とは二度と会わないと覚悟を決めていた。
　なのに……雫が俺に出会えてよかったなんて言うから、我慢できず抱きしめた。
　本当はずっと抱きしめたかったんだ。
　抱きしめるともう止められず、俺は雫を抱いた。
　俺の横で眠ってしまった雫を見つめる。
　母親が死んで、やっぱり辛かったんだろうな。
　ちょっとやつれてしまってる。
「……雫、ごめんな。でも愛してる」
　俺は眠る雫にそう呟いた。
　きっとこんな言葉、雫が起きていたら言えない。
　だからいまのうちに言っておきたかった。
　目覚めた雫に、そっと手を伸ばし触れる。
　雫は心なしか震えていた。
　そして、俺にそばにいてほしいと泣き出した。

俺は雫を思いっきり抱きしめた。

雫……ごめんな。

俺もそばにいたい。

だけどな……俺は……いつかまたお前の前からいなくなってしまうんだ。

俺は何度も何度も雫に謝った。

それからは病院へは戻らず、雫と暮らし始めた。

2日目。カズキから鬼のような着信が入っていたから、俺はしかたなく、雫が買い物に出かけているうちにカズキに電話をかけ直した。

『もしもし？ シュン？ お前いまどこにいるんだよ？』

カズキは電話に出るなり、一方的に質問を投げかけてきた。

「カズキ、悪い」

『とにかく病院に戻れ』

「いまは戻れねぇ」

どうせ入院していても手術もできねぇし、たいした治療もしねぇ。

だったらしばらくの間、雫と一緒に過ごしていたい。

「俺、いま雫といる」

『はぁ？』

「このまま雫と一緒にいようと思う。残りの時間ずっと雫といようと思う」

あとどれくらいもつかわからねぇけど、雫といたい。

残りの時間を病院のベッドで過ごすんじゃなく、雫の隣

で過ごしたい。
　これが病気になってからの、俺の本当の気持ちだった。
『雫ちゃんといるのは俺も賛成する。でも病院にはいますぐ戻れ』
「雫にはまだ病気のこと話してねぇんだ」
　母親が亡くなったばっかりで、話しにくいっていうのもある。
　でも、それだけじゃない。
　俺はもうすぐ死ぬんだって、どう話せばいいかマジでわからねぇ。
「いまはまだ話せねぇ。だけどそのときが来たらちゃんと話して入院するから」
『……わかった。お前の人生だ、好きにしろ。だけど、人生ムダにしたら殺すからな！』
　もうすぐ死ぬ人間に殺すなんて言うカズキはバカだな。
　だけど、カズキらしい。
　いつもなにがあっても、カズキだけは俺を信用してくれてる。
　カズキとの電話を切ってそんなことを考えていた。

　俺と雫は離れていた時間を埋めるかのように、ずっと一緒にいて何度も抱き合った。
　もうすぐ死ぬっていうのに、俺は雫が笑うだけで幸せだった。
　タクミのところへもけじめをつけに行った。

タクミは俺を許すだろうか？

雫をまたひとりにしてしまうとわかっていて一緒にいる俺を許すだろうか？

だけど、俺にも雫が必要なんだ。

だから許してほしい。

命ある限り、雫を大切にするから。

このとき、俺はタクミと雫が付き合っていなかったということを雫の口から聞かされた。

なぁ、タクミ。

お前はなんてヤツなんだよ。

雫のこと好きだったから大事にしたんだろ？

俺にはわかる。

同じ女を好きになった男同士だからな。

それなのに俺に遠慮したのかなんなのか、手を出せなかったんだな。

だけど俺は遠慮しねぇぞ。

お前の分も雫を大事にするからな。

タクミの墓からの帰ると、雫の母親の婚約者が雫を訪ねてきた。

専門学校の資料を渡され、この日から雫は専門学校へ行くと言いだした。

俺は心の底から応援したいと思ったけど、どこかで未来がある雫が羨ましいとも思った。

それからひと月がたった。

雫は行きたい専門学校を決め、未来に向かって毎日楽しそうにしている。
　俺は久しぶりに病院にやってきていた。
「なぁ、先生」
「はい」
「本当に俺が助かる方法はねぇの？　金ならいくらでも用意する。日本がダメなら、海外の医者で手術できるヤツはいねぇの？」
　最近、死にたくないと思うようになってきた。
　少し前は仕方ねぇって思っていた。
　いろんな悪いことをしてきたから罰がくだったんだ。
　そう諦めていた。
　だけど最近、雫があまりにも楽しそうに将来の話をしてくんだよ。
　パティシエになって、俺に甘くないケーキを作るって張り切ってんだ。
　俺はそのケーキがすげぇ食いたいんだよ。
　だから、死にたくねぇんだ。
「頼むよ！　あんた医者だろ？　なんとか助けてくれよ」
　自分が命乞いするなんて思ってもいなかった。
　いままで命乞いしてきたヤツをダサいと思っていた。
　なのに、自分がするなんてな。
　結局医者からは希望の言葉は貰えず、俺は雫の家へと帰ってきた。
　帰るなり、キッチンで夕飯の支度をしている雫を後ろか

ら抱き締める。
「ちょっと、包丁持ってるから危ないよ！」
「…………」
「……俊平？」

なにも言わない俺を心配したのか、雫は不安そうな声で俺の名前を呼ぶ。

雫に心配はかけちゃいけねぇ。

そうじゃなくても、こいつの周りは人が亡くなりすぎているから、すぐ心配してしまう。
「キッチンでヤってみたかったんだよな？　いいだろ？」

俺はそう言って誤魔化し、雫の胸に手を回した。

そしてキッチンで雫を抱いた。

冬から春に季節が変わり、雫は学校に行き始めた。

俺も仕事を始めた。

倉庫で荷物を運ぶだけの単純な仕事で、給料がいいわけでもない。

ただ普通の仕事をして、雫と普通の生活を送ってみたかった。

だけど、病気の俺には単純な仕事も体力的にも辛かった。

——ドスン。
「こらぁ！　なに落としてんだよ！　真面目に働けよ！」

手を滑らせ荷物を落としてしまった俺は、上司に怒鳴られた。
「すみません」

昔の俺ならぶちギレて半殺しにしていたと思う。
　俺は謝って、また仕事へと取りかかる。
　こんな姿、椿連合の連中が見たら驚くだろうな。
　だけど、不思議と恥ずかしいとは思わねぇ。
　むしろ逆に、俺もまともに働けるんだって自慢してやりたい。
　俺は限界を感じながらも１ヶ月間仕事をやりきったあと、会社に体のことを話して辞めさせてもらった。
　できることならあとひと月だけでも働きたかったけどな。
　正直、これ以上はきつい。
　最近じゃ、吐き気だけじゃなく視野がおかしくなってきてる。
　きっと俺は本当にそう長くない。
　雫に話すときがきたと思った。
　退職するからと特別に手渡しでもらった給料を握りしめ、デパートへ来ていた。
　雫に指輪を買おうと思った。
　だけど、デパートへ来て指輪を買うのをやめた。
　俺は雫の指輪のサイズがわからない。
　これは指輪を買うなってことかもしれねぇな。
　結婚も、その約束すらしてやれねぇのに指輪なんか贈るなってことなのかもな。
　そう思って、ネックレスを選んだ。
　雫はいまだに俺があげたネックレスをつけてる。
　前に聞いたとき、外そうと思っても外せなかったって

言っていた。

ネックレスを外したのはタクミの葬式のときだけらしい。

たしかに、タクミの葬式のあと、雫を抱いたとき雫は俺があげたネックレスをつけてなかった。

もし、つけていたら雫が俺にまだ気があると思って手放せなくなっていたかもしれない。

そうなっていたら、俺たちはもう少し寂しい思いをしなくてすんだかもしれない。

俺は雫型のダイヤのネックレスを買って、家に帰った。

俺が帰ると、雫はキッチンで夕飯を作っていて、できあがった料理を雫の学校の話を聞きながら食べた。

出会ったころと比べると、雫は別人のように明るくなった。

初めて雫に会ったときは、なんて冷たい目をするヤツだと思った。

そして、死んでしまうんじゃないかって思ったんだ。

だけど、いまの雫は毎日楽しそうで夢に向かって頑張ってる。

これなら少しは安心して死ねるな。

あと片付けを終えて、俺のそばへやってきた雫にネックレスを渡した。

そして、病気のことを打ち明けた。

ごめんな……。

病気なんかになっちまって。

マジでごめんな……。

雫に病気を打ち明けた翌日、俺はふたたび入院した。

最近ずっと明るかった雫の表情がイッキに暗くなった。
「雫、明日は学校いけよ」
「やだ！　俊平といる！」
　俺が入院してから数日間、雫は学校へ行っていない。
「そんなんじゃ、パティシエになれねぇぞ」
「もういい！　ならない」
　俺は雫に手を伸ばし、ほっぺたをつまむ。
「なぁ、雫」
「にゃに？」
　ほっぺたをつねっているせいで、雫はちゃんと言葉を発せられていない。
「俺も頑張るから。頑張って１日でも長く生きるから……だからお前も頑張って、１日でも早くうまいケーキを作れるようになれ」
　そう言うと、雫は翌日から学校へ行くようになった。
　こうやって、少しずつ雫は雫の道を歩いていってほしい。
　俺がいなくなっても雫には夢がある。
　それが雫の支えになってくれたらいい。

　入院して２週間がたったある日。
　病院のベッドの上で目を覚ますと、雫の泣き声が聞こえてきた。
　俺はそのまま寝たふりをして、心の中で雫に謝った。
　次の日、学校帰りに元気よくやってきた雫を見て胸が締めつけられる。

雫はそんな俺には気づかず、学校の話をしてくれる。
　この日の俺は、胸を締めつけられるような思いでそれを聞いていた。
「なぁ、雫」
「なに？」
「別れるか？」
　昨日、雫の泣き声を聞き、ひと晩中悩んだ。
　俺の病気のせいでお前が苦しんでるのはわかってる。
　だから、別れた方が苦しまねぇで済むのなら別れるつもりだった。
「やだ！」
「お前、俺と付き合い続けるの辛くねぇか？　俺、これからもっと弱ってくぞ」
　あと何日もつだろう？
　あと何日こうやって話せるだろう？
　俺はもうそんなとこまで来ていた。
　カウントダウンが迫ってきていた。
「それでも別れたくない！　もう別れたくないの！　別れる方が辛いから」
　雫は泣きながらそう言った。
　俺は、雫を精一杯の力で抱きしめた。
　雫は俺より覚悟を決めてるんだな……。
　だったらもう俺も悩まねぇ。
　お前と別れようなんて二度と思わねぇ。
　悲しませて辛い思いをさせてるのはわかってる。

いま以上に寂しい思いをさせてしまうのも、わかってる。
　だけど、一緒にいよう。
「雫……ありがとうな」
　こんな俺のそばにいてくれてありがとう。

　ふたたび入院してから、カズキも毎日会いにきてくれていた。
　なにか話すわけじゃなく、ただ「よぉ」とだけ挨拶を交わす。
　そして数分で帰っていく。
　だけど、今日はなにか話したいことでもあるのか、いつまでたってもカズキが帰る気配がない。
「……シュン」
「なんだよ？」
　カズキはやっと話す気になったのか、俺の名前を呼んだ。
「お前、俺にやってほしいことないか？」
「ない」
　俺はカズキの問いにすぐに返事をした。
「なんかあるだろ？　即答しねぇで考えてみろよ」
「考えてもなにもねぇよ。お前には十分にしてもらった」
　カズキにはすげぇ感謝してる。
　一緒にいて楽しかったし、カズキがいたから俺は人を信用できるようになれた。
「じゃ、代わりに俺の頼み聞いてくれよ」
「なんだよ？」

「シュン……頼む……死ぬな」
 カズキは下を向いてそう言うから、表情が見えない。
 だけど、泣いてるのはわかる。
 いままで泣いたとこなんて見たこともないのに。
「カズキ、俺もマジで死にたくねぇわ。お前や雫ともっと一緒にいてぇよ」
 そう言った俺の声も震えていた。
 俺は本当に毎日心の中で願っている。
 朝起きたら全部夢だったとか、奇跡的に治ったとか、そんなことが起こらないだろうか？
 だけど、その願いは毎日何度も裏切られてる。
「……死ぬなよ……俺を置いていくなよ」
 情けない声を出して情けないことを言うカズキ。
 だから病気の俺の方が慰めなきゃならねぇだろうが。
「あの世で待っててやるよ。何十年後かにまたバカやろうぜ」
 天国と地獄が存在するなら、俺もカズキも地獄行きだろうな。
 だからまた会えると思う。
 カズキはそれ以上なにか言うことはなく、しばらくすると俺に泣き顔を見せずに帰っていった。
 雫もカズキも、俺が死ぬということを受け入れてくれたと思う。
 だけどやっぱり不安で、すげぇ恐怖を感じる。

次の日。
「俊平、これ」
「何だよ？」
　雫はやってくるなり鞄からお守りを出してきた。
「学校の友達がくれた」
　雫の口から『友達』なんて言葉が出てくるなんてな。
　ほんと成長したな。
「よかったな」
「あたしにじゃないよ。俊平にだよ！　俊平が入院してるって話したら、買ってきてくれた」
　雫にそんな友達ができたことが本当に嬉しい。
　だけど、ちょっと嫉妬もする。
　雫はホント俺だけだったのにな。
「ありがとうな。ちゃんと言っといてくれ」
「うん！」
「雫……俺ちょっと寝るわ」
　俺はそう言って瞳を閉じる。
　雫は俺の手に触れ、手をギュッと握ってきた。
　俺は雫のぬくもりを感じながら眠りについた。

Shizuku side

　今日で5歳になった、息子の俊。
　誕生日のケーキにロウソクを立て火をつける。
　そして、ふたりで歌い、お祝いをする。
　毎年、俊の誕生日をあたしの作ったケーキでお祝いすると、いつもあの日を思い出す。
　あの日…。俊平と付き合って、まだ繁華街のクラブのあるビルの上で一緒に暮らしいたとき。

　　　　　　　　　　＊　＊　＊

　夕飯を食べ終わり片付けを済ませて、俊平の座るソファにあたしも腰をかけた。
「あ、今日、誕生日だったんだ」
「誰がだよ？」
　テレビを見て今日の日付を知り、自分が誕生日だったことを思い出した。
「あたし」
「はぁ？　そういうことはもっと早く言え」
「だって、自分でも忘れてたんだもん」
　おばあちゃんが死んでから、誕生日なんて誰からもお祝いしてもらえなかった。
「ちょっと、待ってろ」

そういうと、俊平はせわしなく出て行ってしまった。
そして、しばらくするとケーキの箱を抱えて帰ってきた。
「わざわざケーキを買いに行ってくれたの？」
「ああ。お祝いしようぜ」
　俊平は箱からケーキを取り出し、ロウソクを一本づつ立てている。
　ライターでロウソクに火をつけ、俊平が電気を消してソファに戻ってきた。
「雫、おめでとう」
「ありがとう」
「ほら、早くロウソクの火消せよ」
「え？　歌ってくれないの？」
　そういって、俊平の顔を見ると、ロウソクの灯りで俊平がとてもキラキラして見えた。
「俺、誕生日の歌あんま知らねぇんだよな」
「そんなんじゃ、子ども生まれたらどうするの？」
「お前は歌えるのかよ？」
　おばあちゃんとふたりで寂しかったけど、バースデーソングくらいは歌える。
「歌えるよ」
「じゃ、お前が子どもに歌ってやればいいだろ」
　え？　それって、どういう意味で言ってるの？
　俊平の子どもの母親はあたしだって思っていてもいいの？
　あたしはまだ母親になるなんて、ちっとも考えられない

けど。
　もし、俊平との子どもができたら、必ず誕生日にはケーキでお祝いして歌を歌ってあげたい。

　あたしが歌を歌いだすと隣で俊平のたどたどしい歌声が聞こえてきた。
　そして、俊平のおめでとうという言葉を聞きながらロウソクの火を吹き消した。
「俊平、食べさせて」
　あたしは口を大きくあけた。
「マジ世話がやけるな。お前、子どもにはこんなことさせるんじゃねぇぞ」
　そう言いながらも、ケーキを一口あたしの口まで運んで食べさせてくれた。
　あたしはこのケーキの味を一緒忘れない。

　　　　　　　＊　＊　＊

「ねぇ、俊。あーん」
「ママは世話がやけるね」
　そう言いながらも、俊は一緒懸命ケーキをフォークで刺し、それをあたしの口へと運んでくれる。
「美味しい！　俊に食べさせもらうとすごく美味しい」
「ママ、僕以外の人にしたらダメだよ？」
「うん」

日に日に俊は俊平に似てくる。
そして、俊平のようにあたしを愛でいっぱいに包んでくれて、幸せにしてくれる。
あたしは幸せだ。
俊平に出会えて、俊にも出会えて本当に良かった。

END

あとがき

　読んでくださったみな様。
　この本を手にとってくださったみな様。
　ありがとうございます。

　この本は以前にも文庫として発売されましたが、今回新装版として再び文庫になりました。
　以前読んでくださった方にも、初めて読んでくださる方にも、喜んでいただきたいと思い、改めて修正や加筆をしました。

　このお話は悲しくて、切ないストーリーに仕上がっていると思います。

　だけど、温かくて胸の奥がキュンと締めつけられるような、読み終わったときには、切なさより、ポッと心に温かさが残る……。そんな一冊になってほしいなと思い新たに書き足しました。

　傷つけ合いながらも自分たちの人生を精一杯生きた俊平と雫が、みな様の記憶の片隅にでも残ってくれるとうれしいです。

ファンのみな様、読者様、そして野いちごやスターツ出版の担当者のみな様。
　本当にありがとうございます。
　みな様のおかげで、新しく『サヨナラのしずく』を生まれ変わらせることができ、とても幸せです。

　そして、この小説が恋や人生で悩むみな様の小さな希望や束の間の休息になることを願っています。

感謝の気持ちをこめて
2018年11月　junaより

この物語はフィクションです。
実在の人物、団体等とは一切関係がありません。
一部、飲酒、喫煙等に関する表記がありますが、
未成年の飲酒、喫煙は法律で禁止されています。

juna先生への
ファンレターのあて先

〒104-0031
東京都中央区京橋1-3-1
八重洲口大栄ビル7F

スターツ出版(株)書籍編集部 気付
juna先生

新装版 サヨナラのしずく
2018年11月25日　初版第1刷発行

著　者	juna
	©juna 2018
発行人	松島滋
デザイン	カバー　平林亜紀（micro fish）
	フォーマット　黒門ビリー&フラミンゴスタジオ
ＤＴＰ	久保田祐子
編　集	相川有希子
発行所	スターツ出版株式会社
	〒104-0031 東京都中央区京橋1-3-1　八重洲口大栄ビル7F
	TEL 販売部03-6202-0386（ご注文等に関するお問い合わせ）
	https://starts-pub.jp/
印刷所	共同印刷株式会社

Printed in Japan

乱丁・落丁などの不良品はお取替えいたします。上記販売部までお問い合わせください。
本書を無断で複写することは、著作権法により禁じられています。
定価はカバーに記載されています。

ISBN 978-4-8137-0571-0　C0193

読むたび何度でも恋をする…全力恋宣言！
毎月25日はケータイ小説文庫の日♥

心に沁みるピュアラブやキラキラの青春小説、
「野いちご」ならではの胸キュン小説など、注目作が続々登場！

ケータイ小説文庫　2018年11月発売

『オオカミ系幼なじみと同居中。』Mai・著

16歳の未央はひょんなことから父の友人宅に居候することに。そこにはマイペースで強引だけどイケメンな、同い年の要が住んでいた。初対面のはずなのに、愛おしそうに未央のことを見つめる要にキスされ戸惑う未央。でも、実はふたりは以前出会っていたようで…？　運命的な同居ラブにドキドキ！
ISBN978-4-8137-0569-7
定価：本体610円+税

ピンクレーベル

『キミが可愛くてたまらない。』＊あいら＊・著

高2の真由は隣に住む幼なじみ・煌貴と仲良し。彼はなんでもできちゃうイケメンで女子に大人気だけど、"冷血王子"と呼ばれるほど無愛想。そんな煌貴に突然「俺のものになって」とキスされて…。お兄ちゃんみたいな存在だったのに、ドキドキが止まらない!!　甘々120%な溺愛シリーズ第1弾！
ISBN978-4-8137-0570-3
定価：本体590円+税

ピンクレーベル

『新装版 サヨナラのしずく』juna・著

優等生だけど、孤独で居場所がみつからない高校生の雫。繁華街で危ないところを、謎の男・シュンに助けられる。お互いの寂しさを埋めるように惹かれ合うふたりだが、元暴走族の総長だった彼には秘密があり、雫を守るために別れを決意する。愛する人との出会いと別れ。号泣必至の切ない物語。
ISBN978-4-8137-0571-0
定価：本体570円+税

ブルーレーベル

ケータイ小説文庫　好評の既刊

『ブラックホールⅠ』juna・著

不良にからまれていた高3の凛子を助けてくれた、チームブラックの俺様キング・侠也。凛子を気に入った侠也は強引に交際を迫る。「これから毎日会いに来い」「お前の家を火の海にすんぞ」イケメンだけど強引な侠也を凛子は拒否するが、優しく男らしい本当の姿に、次第にひかれていって…。

ISBN978-4-88381-599-9
定価：本体520円+税

ピンクレーベル

『ブラックホールⅡ』juna・著

俺様キング・侠也と結ばれた凛子。実は彼は黒山会大東組というヤクザ☆の息子だった。それでも彼に凛子は変わらぬ愛を感じ、幸せな日々を過ごすが、強力なライバル・エリカが邪魔をして…!?　すれ違うふたりはどうなる!?　超人気作『ブラックホールⅠ』待望の続編。ここだけの番外編もアリ！

ISBN978-4-88381-603-3
定価：本体530円+税

ピンクレーベル

『ブラックホールⅢ』juna・著

侠也の極道の父親にも紹介され、侠也とラブラブな日々を過ごす凛子。しかし侠也を恨む男に拉致され、怪我を負う。入院中に侠也と対面した凛子の母親にふたりの交際を反対される。突然冷たくなった侠也に別れの危機を感じた凛子だが…。超人気作『ブラックホール』完結編！

ISBN978-4-88381-607-1
定価：本体550円+税

ピンクレーベル

『あのとき離した手を、また繋いで。』晴虹・著

転校先で美人な見た目から、孤立していたモナ。両親の離婚も重なり、心を閉ざしていた。そんなモナに毎日話しかけてきたのは、クラスでも人気者の夏希。お互いを知る内に惹かれ合い、付き合うことに。しかし、夏希には彼に想いをよせる、病気をかかえた幼なじみがいて…。

ISBN978-4-8137-0497-3
定価：本体570円+税

ブルーレーベル

ケータイ小説文庫　好評の既刊

『新装版 キミのイタズラに涙する。』 cheeery・著

高校1年の沙良は、イタズラ好きのイケメン・隆平と同じクラスになる。いつも温かく愛のあるイタズラを仕掛ける彼に、イジメを受けていた満は救われ、沙良も惹かれていく。思いきって告白するが、彼は返事を保留にしたまま、白血病で倒れてしまい…。第9回日本ケータイ小説大賞・優秀賞＆TSUTAYA賞受賞の人気作が、新装版で登場！

ISBN978-4-8137-0553-6
定価：本体580円＋税

ブルーレーベル

『この想いが届かなくても、君だけを好きでいさせて。』 朝比奈希夜・著

女子に人気の幼なじみ・俊介に片想い中の里穂。想いを伝えようと思っていた矢先、もうひとりの幼なじみの稔が病に倒れてしまう。里穂は余命を告げられた稔に「一緒にいてほしい」と告白された。恋心と大切な幼なじみとの絆の間で揺れ動く里穂が選んだのは…。悲しい運命に号泣の物語。

ISBN978-4-8137-0513-0
定価：本体560円＋税

ブルーレーベル

『君と恋して、幸せでした。』 善生茉由佳・著

中2の可菜子は幼なじみの透矢に片想いをしている。小5の時、恋心を自覚してからずっと。可菜子は透矢にいつか想いを伝えたいと願っていたが、人気者の三坂に告白される。それがきっかけで透矢との距離が縮まり、ふたりが付き合うことに。絆を深めるふたりだったけど、透矢が事故に遭い…？

ISBN978-4-8137-0532-1
定価：本体620円＋税

ブルーレーベル

『金魚すくい』 浪速ゆう・著

なんとなく形だけ付き合っていた高2の柚子と雄馬のもとに、10年前に失踪した幼なじみの優が戻ってきた。その日を境に3人の関係が動き始め、それぞれが心に抱える"傷"や"闇"が次から次へと明らかになるのだった…。悩み苦しみながらも成長していく高校生の姿を描いた青春ラブストーリー。

ISBN978-4-8137-0514-7
定価：本体580円＋税

ブルーレーベル

ケータイ小説文庫 好評の既刊

『あのとき離した手を、また繋いで。』晴虹・著

転校先で美人な見た目から、孤立していたモナ。両親の離婚も重なり、心を閉ざしていた。そんなモナに毎日話しかけてきたのは、クラスでも人気者の夏希。お互いを知る内に惹かれ合い、付き合うことに。しかし、夏希には彼に想いをよせる、病気をかかえた幼なじみがいて…。

ISBN978-4-8137-0497-3
定価:本体 570 円+税

ブルーレーベル

『僕は君に夏をあげたかった。』清水きり・著

家にも学校にも居場所がない麻衣子は、16歳の夏の間だけ、海辺にある祖父の家で暮らすことに。そこで再会したのは、初恋の相手・夏だった。2人は心を通じ合わせるけれど、病と闘う夏に残された時間はわずかで…。大切な人との再会と別れを経験し、成長していく主人公を描いた純愛ストーリー。

ISBN978-4-8137-0496-6
定価:本体 560 円+税税

ブルーレーベル

『新装版 桜涙』和泉あや・著

小春、陸斗、奏一郎は、同じ高校に通う幼なじみ。ところが、小春に重い病気が見つかったことから、陸斗のトラウマや奏一郎の家庭事情など次々と問題が表面化していく。そして、それぞれに生まれた恋心が3人の関係を変えていく…。大号泣必至の純愛ストーリーが新装版で登場!

ISBN978-4-8137-0479-9
定価:本体 590 円+税

ブルーレーベル

『ごめんね、キミが好きです。』岩長咲耶・著

幼い頃の事故で左目の視力を失った翠。高校入学の春に角膜移植をうけてからというもの、ある少年が泣いている姿を夢で見るようになる。ある日学校へ行くと、その少年が同級生として現れた。じつは、翠がもらった角膜は、事故で亡くなった彼の兄のものだとわかり、気になりはじめるが…。

ISBN978-4-8137-0480-5
定価:本体 570 円+税

ブルーレーベル

読むたび何度でも恋をする…全力恋宣言！
毎月25日はケータイ小説文庫の日♥

心に沁みるピュアラブやキラキラの青春小説、
「野いちご」ならではの胸キュン小説など、注目作が続々登場！

ケータイ小説文庫　2018年12月発売

『秘密の花嫁は高校生!?』SELEN(セレン)・著

NOW PRINTING

高2の亜瑚は、倒産危機に陥った両親の会社を救うため、政略結婚することに。相手はなんと、クールな学校一のモテ男子・湊だった。婚約者として湊と同居することになり戸惑う亜瑚。でも、眠れない夜は一緒に寝てくれたり、学校で困った時に助けてくれたり、本当は優しい彼に惹かれていき…？

ISBN978-4-8137-0588-8
予価：本体500円＋税

ピンクレーベル

『天ヶ瀬くんは甘やかしてくれない。』みゅーな**・著

NOW PRINTING

高2のももは、同じクラスのイケメン・天ヶ瀬くんのことが好きだけど、話しかけることすらできずにいた。なのにある日突然、天ヶ瀬くんに「今日から俺の彼女ね」と宣言される。からかわれているだけだと思っていたけれど、「ももは俺だけのものでしょ？」と独り占めしようとしてきて…。

ISBN978-4-8137-0589-5
予価：本体500円＋税

ピンクレーベル

『新装版 てのひらを、ぎゅっと』逢優(あゆ)・著

NOW PRINTING

彼氏の光希と幸せな日々を過ごしていた中3の心優は、突然病に襲われ、余命3ヶ月と宣告されてしまう。光希の幸せを考え、好きな人ができたからと別れようと嘘をついて病と闘う決意をした心優だったけど…。命の大切さ、人との絆の大切さを教えてくれる大ヒット人気作が、新装版として登場！

ISBN978-4-8137-0590-1
予価：本体500円＋税

ブルーレーベル

書店店頭にご希望の本がない場合は、
書店にてご注文いただけます。